笑う反骨
神田のっぴき横丁3
氷月 葵
時代小説
二見時代小説文庫
JN067496

目次

笑う反骨(はんこつ)——神田のっぴき横丁3

第一章　消えた千両役者

一

半分開け放してあった戸口から、中間（ちゅうげん）の佐平（さへい）が入って来た。

「ただいま戻りました」

その腕には筍（たけのこ）が抱えられている。

「明日はこいつを煮ますからね」

「おう」と真木登一郎（まきとういちろう）は顔を上げた。

「それはよい。鰹節（かつおぶし）もたっぷりとな」

「はい、おごりますよ、筍ももう終わりですからね」

上がって来た佐平は、登一郎が手にしていた暦（こよみ）を横目で見た。

「おや、三月の暦ですね。昨日から四月になったってのに」

「うむ、今月の暦はまだもらっていないのだ」

「さいで。まあ、なんにしても、月日の経つのはあっという間ですね」

「真……歳を取るにつれて、ますます日の過ぎるのが速くなるわ」

言いながら、登一郎は夕焼けで明るい表に目をやった。家の前を若い男が通って行く。

と、大きな声が上がった。

「ごめんくださいまし」

大声は隣から聞こえてくる。

「お願いします」

戸を叩く音も続いた。

む、と登一郎は立ち上がり、外へと出る。思ったとおり、今し方通り過ぎた男が、隣の戸を叩いていた。

「これ」

登一郎が寄って行くと、男は慌てて身を正した。

「あ、すいません、うるさくして」ぺこりと頭を下げると、その顔を上げた。

「あの、ここのお宅がのっぴき横丁の錠前屋なんですよね」

軒下に下がっている鍵を指でさす。

「うむ」登一郎もそれを見た。

「だが、作次さんは昼過ぎに出かけて行った。中食かと思ったが、そのまま戻って来たようすはないな」

登一郎は戸に手をかけて引いてみるが、中から心張り棒がかけられているらしく、動かない。家にいるときには、錠前作りの音がするがそれもない。

「そうですか」

男は眉を寄せて戸を見つめる。

登一郎はその姿に、ふむ、と思った。よい着物を着ているな、商家の若旦那というところか……。

「急ぎのようだな」

「はあ、ちょっと……」

困り顔に、登一郎の背中がむずむずとしてくる。

「なれば、うちで待つがよい」

「は」

「うちならば、作次さんが戻って来たときにすぐにわかる。さ、おいでなされ」

踵を返した登一郎に、男もためらいつつ続いた。

座敷に上がって、登一郎は男を手で招いた。

「さ、上がられよ」

「あ、いえ、ではここで」

男は上がり框に腰を下ろした。

「おや、お客さんですか」

佐平は台所から首を伸ばすと、茶碗の音を立てた。

「ちょうどお茶が入ったところで……」

盆を手にやって来ると、それを登一郎の前と向かいに置いた。湯気の立つ茶碗と小皿が並ぶ。

登一郎は男に、

「粗茶と粗菓だが、いかがか」

と、声をかけた。

その言葉に男は振り返った。皿の上のかりんとうに目を留める。

それを察した登一郎は皿を手に取ると、苦笑した。

「真の粗菓だがな」

「いえ」男は草履を脱ぐと、座敷に上がってきた。

「では、お邪魔します」

向かいに座ると、

「遠慮なく頂戴いたします」

と、礼をしてから手を伸ばした。

かりんとうを嚙み砕く音が、かりり、と鳴り、男の顔が初めて弛んだ。

「すいません」照れ笑いをしながら、頭を下げる。

「甘いもんに目がないもんで」

いや、と登一郎は笑った。

「なれば、遠慮など無用。近頃は奢侈禁止がますます厳しくなって、饅頭も羊羹も御法度、甘い物がめっきり減ったからな」

老中首座の水野越前守忠邦は、公儀の財政逼迫のために質素倹約を掲げ、奢侈禁止令を出していた。

「はい」男は頷く。

「まさか、金鍔焼も食べられなくなってしまうとは……」

京から伝わった金鍔焼は小豆を薄皮で包んで焼いた菓子で、吉原の女達が〈年季増しても食べたいもの〉と好み、すぐに江戸中に広まっていた。しかし、公儀の発した奢侈禁止令は食べ物にも及んでいた。とくに南町奉行に鳥居甲斐守耀蔵が就いてから、禁令は日に日に強まり、小豆菓子までもが禁止されるようになっていた。

男は茶を含みながら、上目で登一郎を見た。その窺うような眼差しに、登一郎は面持ちを弛めて見せた。

「ああ、わたしは真木登一郎と申す隠居でな、この横丁で、その……皆の助っ人をしておるのだ」

「はあ、さようでございますか」男は改めて頭を下げた。

「申し遅れました、あたしは千歳屋という呉服屋の倅で、嘉助といいます」

「ほう、呉服屋の若旦那か」

「いえ」嘉助はうつむいて首を振る。

「あたしは次男でして」

そう言って、口を噤む。ふむ、と登一郎は嘉助の顔を見た。整った顔立ちは、母親の美貌を窺わせる。

かりんとうを食べつつ、嘉助は表をちらちらと見続けていた。

登一郎も表を見るが、作次は通らない。戻らないかもしれぬな、と登一郎は胸中でつぶやいた。

作次とは挨拶しかしたことがないが、三十くらいの歳で、独り身だということはわかっていた。まだ若い男だ、どこかの岡場所に上がっていても不思議はない……。

刻々と薄闇が深まっていく表のようすに、嘉助が膝の上で手を揉(も)む。と、その顔を「あ」と登一郎に向けた。

「そういえば、のっぴき横丁には医者もいるって聞いたんですけど、ほんとですか」

「ふむ、いる。医者にも用がおありか」

「はい、ちと聞きたいことが……」

腰を上げようとする嘉助を手で制すると、登一郎は「佐平」と声を上げた。

「龍庵殿(りゅうあんどの)を呼んで来てくれ」

「はい」

佐平はすぐに外へと出て行く。

え、と戸惑う嘉助に登一郎は頷く。

「なに、この並びだ、すぐに来てくれる。話だけならここでもできよう、あちらには弟子がいるし、病人がいることもある」

言い終わると同時に、龍庵が入って来た。

「どうも、お邪魔しますよ」

「おう、呼び立ててすまぬ」

手で招く登一郎の横に、「いえ」と龍庵は座った。登一郎は嘉助を手で示し、名などを伝えた。

「すいません」嘉助は手をついて顔を上げる。

「お医者様に伺いたいことがありまして……いえ、うちにも来てくだすっている先生がいるんですけど、みんなの前では聞きにくいもので……」

「ふむ、ご病人がおられるのか、かまいませんぞ、なんなりと」

「はい」と、嘉助は顔を上げた。

「実は父が三日前に中風(ちゅうふう)（脳卒中(のうそっちゅう)）で倒れまして、一度も目が開かないまま眠っているんです。診(み)てくだすっている先生は、どうなるとも言えない、とおっしゃってるんですが……どうなるんでしょう」

ふうむ、と龍庵は腕を組んだ。

「そいつは確かに、なんとも言えませんな。何日か経って目を覚ますこともあれば、そのまま息を引き取ってしまうこともある。中風は、寝込んでいる間にまた起きることも多く、その二度目が命取りになることもある。どういう流れになるかは、医者にも判断はできませんでな」

「けど」嘉助は上体を乗り出した。

「目を覚ますこともあるんですよね」

「ふむ、それもけっこうある」龍庵は登一郎に顔を向けた。

「かつて、吉宗公も中風で倒れたものの、しばらく寝込んだのちに、また将軍として御政道を執られた、と聞いております。そうでしたな」

「ふむ」登一郎は頷く。

「そのとおり、お城にも伝わっている。初めは多少、お身体にご不自由が残られたものの、それも身体を動かすことで元に戻られたそうだ」

「そうなんですか」

目を見開く嘉助に、龍庵は声を低めた。

「そのようなお人もままある。だが、目覚めたものの身体の不自由が残り、左や右の半身が動かないということも、少なくはない。言葉を発することができなくなるお人も、まあ、珍しくはない」

「そう、ですか」

嘉助の肩が下がる。

龍庵の声がやさしくなった。

「まあ、こればかりは天にまかせるほかしょうがない。だが、着物や布団をまめに替えて、身をきれいに保つようにするのも大事、部屋も閉め切りにせずに風を入れるも大事、できることはありますからな、あきらめずに看病しなされ」

「はい」嘉助は拳を握る。

「ありがとうございました」

その頭を下げる。と、懐(ふところ)に手を入れた。巾着(きんちゃく)を取り出そうとするのを、龍庵は手で制して立ち上がる。

「話だけゆえ、礼など無用」

そう言って、「では」と登一郎に黙礼して出て行った。

その後ろ姿に礼をして、嘉助は「ほう」と息を吐いた。

そこに暮れ六つを告げる時の鐘が響いてきた。

「いけない」

嘉助は慌てて腰を浮かす。と、すぐにそれを戻して、畳に手をついた。

「お店(たな)に戻ります、どうも、お世話になりました」

「いや」登一郎は立ち上がる嘉助を見上げた。

「錠前屋はいかがいたす」

「はい」土間に下りた嘉助は、改めて腰を折った。

「明日にでも出直します。お邪魔いたしました」

そう言って、薄闇の広がる表へと飛び出して行った。

佐平が戸を閉めて振り向き、にやっと笑った。

「続きは明日ってこってすね。また話が聞けるといいですけどね」

うむ、と登一郎は腕を組む。

「詳しく知りたくなってくるな、策を練ろう」

そう言って天井を仰いだ。

二

翌日。

開けた戸口から見える夕暮れの日差しに、登一郎は佐平に言った。

「そろそろ来る頃だろう、作次さんを呼んできてくれ」

「はい」

佐平は隣へと行く。

作次は結局昨日は戻らずに、今日の昼前に帰って来たのを確認していた。

「さ、中へ」

佐平の言葉に、作次の「そいじゃお邪魔を」と言う声が続いた。

小箱を抱えた作次が座敷に上がると、登一郎は顔を向けた。

「すまぬな、この錠前なのだが、鍵がどこかにいってしまったのだ」

置かれた長持ちをぽんぽんと叩く。長持ちの蓋には錠前が取り付けられている。

「ふうん」と、しゃがんだ作次は錠前に手を伸ばし、表、裏と見る。

「これなら、すぐに開きまさ」

作次は箱を開けると、中から工具を取り出して、鍵穴に差し込んだ。

登一郎はそれを見つめながら、口を開いた。

「昨日は出かけていたのだな、そなたを訪ねて客が来てしばらく待っていたが、あきらめて帰って行った」

「ああ、さいで。板橋宿(いたばししゅく)の先まで行ってたんでさ。馴染み客が新しい蔵を作ったから、錠前がほしいって言われたもんで」

「ほう、そうであったか」

登一郎は作次の真剣な横顔を見る。岡場所ではなかったか……。

作次の口から「ちっ」という舌打ちが漏れた。差していた工具を外す。

「この錠前、どこで買ったんですかい」

「ああ、それは……」

登一郎は戸口に立つ佐平の背中をちらりと見た。錠前は今朝、佐平が古道具屋で買ってきた物だ。

「確か、本所であった」

ふうん、と作次は別の工具を取り出した。

「こんなのを買っちゃいけねえ、中が錆びてやがる。鍵が見つかったって、開くかどうか」

「む、そうなのか」登一郎は懐を押さえた。鍵はその内にある。

「いや、古道具屋で求めたのが失敗であったな」

登一郎は目を表に向ける。佐平に動きはない。

作次が手を動かすと、カチャカチャと音が鳴った。それが、カチリ、という音に変わった。

「開いた」

作次の声が上がると同時に、

「嘉助さん」

と、戸口に立つ佐平の声も上がった。

よし、と登一郎は戸口に顔を向ける。

佐平が嘉助を中に引き入れている。

「お」登一郎は作次を見る。

「昨日、訪ねて来た客人だ」

佐平はすかさず嘉助を座敷に上げていた。

「ちょうどよいところに」登一郎も手で招く。

「錠前屋の作次さんが見えてたところだ、さ、こちらに」

嘉助が寄って来ると、作次は工具を下ろして向き合った。

「錠前ですかい」

「はい」嘉助は正座をした。

「錠というより鍵なんですけど。簞笥(たんす)に五つ、鍵穴がついているんですが、鍵がないんです」

「なくしちまったってこってすかい」

「いえ」嘉助は肩をすくめた。

「おとっつぁんがどこかにしまってあるはずなんです。けど、それがどこかわからなくて……おとっつぁんが中風で倒れてしまったもんで、聞けないんです」

「ふうん、で、そいつを開けてくれってのが頼みですかい」

「はい」嘉助が顔を上げる。

「そのどこかに、大事な書き付けがしまってあるんです。それがどうしても要りようで……お願いします」

手をつき、嘉助は低頭する。

なるほど、と登一郎は佐平と目を合わせた。そういうことか……。佐平も目で頷き返した。

おう、と作次が頷いた。

「ようがす、そいじゃ、行きやしょう」

腰を浮かせる作次に、「あ」と嘉助は手を上げた。

作次の姿を見つめながら、もごもごと口を動かすと、思い切ったように、口を開いた。

「あの、すいません、着替えてもらえないでしょうか」

「着替えだぁ」

作次は眉を寄せ、自らの形を見る。袖のほつれた着物に、職人の好む黒い股引の姿だ。

「すいません」嘉助がまた頭を下げる。

「錠前職人を呼んだと知られたくないんです」

あぁん、と作次の顔が歪む。

「なんでえ、悪事をしようってんじゃねえだろうな」

「ち、違います、悪事を防ぐためで……いえ、ちっと内々で込み入った事情がありまして……」

額の汗を拭いながら、嘉助も顔を歪ませた。

「あの、おとっつぁんは俳諧をやってたので、そのお仲間の見舞いを装って来ていただきたいんです」

「俳諧だぁ」作次が身を反らす。

「そんな上品な振りなんざできねえし、これよっかいい着物だって持っちゃいねえ。そんな頼みなら断るぜ」

「や、そこをなんとか……」

嘉助がまた畳に手をつく。

「よし」登一郎が声を上げた。

「なれば、こうしよう、わたしが俳諧の仲間を装う。で、作次さんには中間の振りをしてもらって一緒に訪ねる、と。着物は佐平の物を着ればよい」

はい、と佐平は立ち上がって、行李から着物と帯を取り出してきた。

「これをお使いください、洗ってありますよ」

押しつけられ、作次は思わず受け取りつつも、

「いや、けどよ……」

と、首を振る。その前に、嘉助がにじり寄った。

「お願いします」

嘉助は登一郎にも頭を下げる。

「ありがとうございます、助かります」

「ふむ、わたしはお安いご用、どうだ、作次さん、人助けと思って」

登一郎はにこやかな顔を作次に向けた。

作次はちっと舌を打ちつつ、苦笑を見せた。

「しょうがねえな、このの っぴき横丁で困った人を放り出すわけにゃいかねえからな」

「ありがとうございます」嘉助の顔がほころぶ。

「では、明日の昼に小僧の留吉(とめきち)を迎えに寄越しますんで」

「明日……これから行くんじゃねえのかい」

作次の問いに、嘉助は首を縮める。

「すいません、夕方はお店のしまいで忙しくなるもので、昼に」

「うむ、わかった」

登一郎の頷きに、作次も「おう」と続ける。

「そいじゃ、明日だな」

立ち上がる作次に、佐平が小さな紙包みを差し出す。

「あ、これ、錠を開けていただいたお礼です」

あん、と作次は首を振った。

「けっこうでさ、あんたの着物の借り賃だ」

そう言うと、出て行った。

嘉助も「では」とあとに続く。

二人の姿を見送って、佐平はにっと笑った。

「上手いこと運びましたね、助っ人稼業に本腰ですか」

「ふむ」

登一郎も目を細めて笑った。


夜。

「ごめんください」

戸を開けて入って来たのは横丁に暮らす住人の一人、新吉(しんきち)だった。

おう、と登一郎は土間に立つ新吉に寄って行く。新吉は手にしていた紙っぺらを差し出した。

「遅くなりました、四月の暦です」

新吉は暦を作って売っており、横丁の者にはただで配っている。登一郎がここに家移(やうつ)りした折には警戒されてもらえなかったが、先月からもらえるようになっていた。が、四月はもらえないままだった。

「これはかたじけない」

受け取りながら、登一郎はほっとする。嫌われたわけではなかったのだな……。

新吉は片手を上げて見せた。中指に晒が巻かれている。

「版木を彫っている最中に、うっかり指まで彫っちまったもんで、作るのが遅れたんでさ」

「なんと、大事ないか」

覗き込む登一郎に、新吉は笑ってみせる。

「はい、もう傷口はくっつきました」指を振りながら、新吉は笑顔を収めた。

「ところで先生、聞きましたか、南町の役人が囮を使って捕り物をしてるってぇ話」

「囮、とは」

「同心が普通の武士の振りをして店に行き、禁止されている物を所望するんだそうです。先日、小間物屋に来た武士が珊瑚玉のついた銀の簪、それも凝った細工の物がほしい、と言ったそうなんです。贅沢品なものでもう店には出していなかったらしいんですが、武士が娘の婚礼のために買ってやりたいと熱心に望むので、奥から出してきたそうで。したら、奢侈禁止令に反する、と大声で言われて、その場でお縄をかけられってぇ話です。外からいきなり捕り方がなだれ込んできたらしいですよ」

「なんと」登一郎は目を剝いた。

「そのような卑怯な手を使うとは……」

「はい、あっちこっちでおんなじような捕り物をやってるらしいんです」

新吉は眉を寄せて、顔を左右に向ける。

むうう、と登一郎は唇を噛んだ。

「そこまでするか」

新吉は歪んだ顔のまま頷く。

「町のもんは呆れかえってます。やっぱり妖怪だ、人の考えることじゃねえって」

鳥居耀蔵は耀と甲斐をかけて妖怪と呼ばれている。

うむ、と登一郎は新吉を見た。

「書くのか」

新吉は表向きは暦売りだが、ひそかに読売を作って売っている。

「いえ、まだ又聞きだけなんで。この先、調べて確かなことがつかめたら、場合によっちゃ……」

目顔で頷く新吉に登一郎も返した。

「そうか、わたしもなにか見聞きするようなことがあったら知らせよう」

「はい」

新吉は面持ちを弛めると、「そいじゃ」と踵を返した。

登一郎は暦を手にして、それを見送った。

三

「こっちです」

千歳屋から迎えに来た小僧の留吉が、先に立って歩く。

登一郎と作次がそのあとを並んで歩いた。作次は佐平の着物を着流しにして、歩きにくそうに足を捌いている。

「股引をはかねえと、脚がすうすうしていけねえや」

そのつぶやきに、登一郎は苦笑した。なるほど、武士が刀を差さないと腰がなんとも落ち着かないのと同じだな……。

今日は久しぶりに二本差しで出たため、改めてその柄を握った。

日本橋のにぎやかな通りを抜けて、少し離れた所に向かって行く。

見えて来た看板を留吉は指さした。

「あそこです」

日本橋の大店ほどではないが、それなりの店構えだ。丸に千の字が白く抜かれた暖簾(れん)もはためいている。

留吉は店の手前で止まり、「こちらで」と路地に入った。抜けると、そこには塀と裏の勝手門があった。店の裏が屋敷になっている造りであるのが見て取れた。

勝手門の手前で、あ、と留吉は足を止めた。戸が開いて、若い男が出て来たのだ。腕には風呂敷包みを抱えている。

「若旦那、いってらっしゃいまし」

留吉が頭を下げると、男は留吉や登一郎らを一瞥(いちべつ)すらせずに、背を向けて去って行った。

登一郎はそっとささやく。

「今のが若旦那か」

「へい、千一郎(せんいちろう)さんで」

留吉は頷きながら、閉まりかけた戸を開けた。と、そこで立ち止まった。中から別の小僧が出て来たのだ。

留吉と顔を合わせると、小僧は目顔で頷いて、若旦那の後ろ姿を目で追った。が、走って行くではなく、そっと間合いを取って歩き出す。

おや、と登一郎はそのようすを見た。供に付いていくのではないのか……。

留吉が手を上げ、

「あの、どうぞ、中へ」

と、中へと誘う。

狭い庭だが、二つ並んだ蔵がある。

屋敷の戸口では、嘉助が待ち構えていた。

「よくおいでくださいました、さ、お上がりを」

静かに先を行く嘉助に続いて、二人は廊下をついていく。

と、登一郎は通り過ぎた部屋の障子を目で振り返った。音を立てずに、障子が少し、開いたのに気づいたためだ。誰かの目が、そこにあった。

嘉助は奥へと進む。

「こちらです、おとっつぁんの部屋です」

奥の障子を開けた。

部屋には布団が敷かれ、主が寝かされている。青白い顔は目を閉じたまま、動きがない。

登一郎と作次はその横に座った。登一郎は白髪混じりの主を覗き込むが、作次はそちらには目を向けずに部屋の中を見回す。その目が隅に置かれた箪笥に留まった。膝丈ほどの帳場箪笥だ。

「あれですかい」

いくつもの引き出しがあり、それぞれに鍵穴がついている。

立ち上がろうとする作次を、登一郎は「待て」とささやいて手で制した。廊下をやって来る足音があった。

「失礼を」

女の声とともに障子が開く。

「あ、おかみさん」

嘉助が慌ててそちらに向くと、おかみは盆を手に部屋に入って来た。

「お客様のようなので、お茶をお持ちしました」おかみは二人を見る。

「あたしは内儀のとよと申します」

「あ、あの」嘉助が前に進み出た。

「こちらの御武家様はおとっつぁんの俳諧のお仲間で、お見舞いに来てくだすったんです」

登一郎は目顔で会釈する。

「病と聞き及び……」

言いつつ、登一郎はしまった、と腹の中でつぶやいた。主の名を聞いていなかった……。

慌てて目を動かす。と、柱に掛けられている短冊に目を留めた。俳諧らしきものが書かれ、末尾に流雲と記されている。あれが俳号か……。

「流雲殿とは懇意にしていたため、心配になって訪ねてまいったのだが、いや、顔を見て、安堵いたした。わたしは流水という俳号でしてな、そのよしみもあったゆえ」

思いついた俳号を名乗る。

「まあ、さいでしたか」おとよはふくよかな顔で頷く。

「わざわざお運びいただき、恐れ入ります。まあ、ですが、見てのとおり、いっかな目を覚ますようすもなく、お見舞いに来ていただいても、当人はわからないことでしょう。お仲間の皆さんにそうお伝えくださいまし」

口元にはえくぼが浮かんでいるが、目は迷惑げに歪んでいる。

嘉助が首を縮めて下を向く。

おとよは顎を上げると、立ち上がった。

「では、あたしはこれで失礼します。病の平癒祈願をするために、お寺に行きますんで」

「いってらっしゃいまし」

嘉助が頭を下げる。

足音が消えたと同時に、登一郎は嘉助にささやいた。

「おかみさん、と呼んでいるのだな」

父はおとっつぁんと呼んでいるのに……。という問いは呑み込んだ。

嘉助はそれを読み取ったように、歪んだ顔で頷いた。

「あたしは脇腹の子なんです」

なるほど、とまた呑み込む。

そのやりとりには顔も向けずに、作次が立ち上がった。

「こいつを開けりゃいいんだな」

箪笥の前にしゃがみ込むと、懐から金の棒を取り出した。それを上の引き出しの鍵穴に差し込むと、手の向きを変えながら回す。

そこに足音が近づいて来た。

あ、と嘉助が手を上げると、作次は慌てて棒を抜いて、元いた場所に座った。

「失礼しますよ」障子が開く。

「お見舞いのお客様と聞いたのでご挨拶を」

廊下に手をついたのは白髪混じりの男だった。

「ああ」嘉助が登一郎を目で示した。

「俳諧のお仲間の、その、流水先生がわざわざお越しくだすったんです。先生、大番頭の市右衛門です」

嘉助の取り繕いに、登一郎も合わせる。

「会ではお元気だったのに急なことで驚いた次第……しかし、顔色がよいので、安心しましたぞ」

「それはわざわざ」大番頭は上目でじろりと見た。

「お運びいただきありがたく、主人に成り代わってお礼を申し上げます。目が覚めましたら、必ず伝えますので」

「ふむ、じき目も覚めよう」

頷く登一郎に「では」といま一度礼をして、大番頭は去って行った。

ほうっ、と嘉助は息を吐き、作次を見る。

頷いた作次はすぐに立ち上がって、再び箪笥に向き合った。

鍵穴に差した棒がカチカチと音を立てる。ほどなく、カチリ、と鳴った。

「開いた」

という声とともに、嘉助が立ち、手を伸ばした。

引き出しを開き、手を入れた。奥から紙の束を取り出すと、めくって確かめていく。

が、見終えると、二人を見て、肩を落とした。

「なかったのだな」

登一郎は声をかけた。

頷く嘉助の横で、作次は二番目の引き出しの鍵穴に取りかかった。こちらも程なく開いた。

今度は小さな箱を取り出し、中から紙の束を取り出した。それを同じようにめくっていく。そのうちの一枚を手にして、嘉助は「あっ」と声を上げた。と、慌てて口を押さえて、廊下を見た。おとよも大番頭もすでに足音は消えていた。

知られてはまずいのだな、と登一郎は膝行して、嘉助に近寄った。

「大事な書き付けとやらが見つかったのか」

嘉助は頷くと、ささやき声になった。

「おとっつぁんの書き付けです。この千歳屋、ゆくゆくはあたしにまかせる、と言っていたんですが、それをきちんと書き記していたんです。箪笥にしまってある、とも聞いていたんですが……これに間違いありません」

嘉助は大事そうに胸に当て、父親を見る。

なるほど、と登一郎は腑に落ちたことを口に出した。

「さっき、若旦那という人が出て行くのを見た。あれはおとよさんの産んだ子なのだな」

「はい」嘉助が頷く。

「ここだけの話ですが、おとっつぁんは兄さんを見限っていたんです。兄さんは……放蕩者で吉原の女に入れ込んで、店の反物を持ち出したりしていたもので」

「ああ、さっきも風呂敷包みを抱えていたな」

「そうでしたか」嘉助の口が曲がる。

「叱られてしばらくは慎んでたんですが、おとっつぁんが寝込んでからは、また出歩くようになって」

「ふうむ、なれば、見限るのも当然であろう」

「ええ、そもそも、奢侈禁止で、呉服屋は絹物が売れなくなって、大変なんです。以前は近くにあった芝居小屋もなくなったせいで、お得意さまだった役者さんらも足が遠のいて……奉公人を減らすしかないという困った事態なのに、兄さんは反物を持ち出すわ、金にまで手を付けるわ……」

　嘉助は言いかけて口を噤んだ。

「それは一大事ではないか」登一郎も口を歪ませた。

「店の存亡がかかっているのだな」

　嘉助はひと息吸い込むと、顔を上げた。

「お世話になったから打ち明けますが、おかみさんはこのお店を売ろうとしているんです」

「なんと」

　登一郎の目が見開く。

　ほかを見ていた作次も、さすがに顔を向けた。

「へえ、ひでえことを考えるな」

　嘉助が頷く。

「四代続いて、おとっつぁんが大事にしてきたお店ですし、奉公人だって多い。売るなんて、とんでもないことで」

「ふむ、となれば嘉助さんが主になるしかない、その書き付けが大事というのがよくわかった」

「はい、ありがとうございました」

嘉助が書き付けを胸に頭を下げる。

「そいじゃ、そいつは大事にしまっておくんだな」作次が箪笥の前にしゃがむ。

「で、この鍵はまた締めておくんだろう」

「あ、はい、お願いします」

嘉助が書き付けを懐にしまい、ほかの紙の束が入った箱を引き出しに戻す。

作次は金の棒を手に取って、鍵穴に差す。と、廊下に足音が鳴った。

作次の手の動きが早くなる。

嘉助は障子を開けて外へと出た。

「あ、嘉助さん」留吉の声だ。

「番頭さんが呼んでます」

「わかった、すぐ行く」

鍵を締め終えた作次が箪笥を離れた。

嘉助はそれを見て、ほっとした顔で頷いた。

登一郎と作次は廊下に出ると、

「では、これにて」

と、嘉助に向き合う。

嘉助は深々と礼をして、二人を見送った。

四

四月六日。

昼餉の箸を置いた登一郎は、耳を立てた。

「てえへんだ、てえへんだ」

表のほうから声が聞こえてくる。

外に出て行くと、横丁の前の道を男が大声を張り上げながら、通り過ぎていったところだった。

一番端の家の永尾清兵衛も出て来た。清兵衛は浪人で、この横丁の差配をまかされている。

「おう、登一郎殿も来たか」

「うむ、なにやら起こったようだな」

ふむ、と二人で表に出ようとすると、男が走り込んで来た。息を切らせ、目を見開いている男に、登一郎は声をかけた。

「久松さんではないか」

横丁に出入りしている納豆売りだ。実は新吉の仲間で、密かに読売を作って売っている三人のうちの一人だ。

「あ、こりゃ、清兵衛さん、先生」

久松が足を滑らせながら止まる。

「なにかあったのか」

清兵衛の問いに、久松は息を整えた。

「へい、てえへんなんでさ、市川海老蔵が南町にとっ捕まっちまったんで」

「五代目海老蔵のことか」

歌舞伎役者の海老蔵は、もとは七代目市川團十郎を名乗っていた。息子に八代目を襲名させ、自らは海老蔵を名乗るようになっていた。

目を剝く清兵衛に、久松が頷く。

「そうでさ、南町に呼び出されて、そのまま手鎖、家主預けにされちまったって」

「なんと……」

家主は家や土地の持ち主のことだ。捕らえられて、沙汰が出るまでのあいだ、家主の元に預けられるのが家主預かりだ。海老蔵は木場に屋敷を構えているが、その土地は借り地であるため、土地主が家主となる。

　清兵衛は眉を寄せる。

「今までも、何度か呼び出されたと聞いていたが、その都度、お叱りで解き放されたではないか」

「そうなのか」

　登一郎の問いに、清兵衛は頷く。

「うむ、奢侈禁止に反する贅沢が不埒とされ、鳥居耀蔵が奉行となってから、いくども呼び出しを受けていたのだ。そもそも海老蔵が千両役者なのが気に食わぬのだろう。役者風情が千両も稼ぐとは、とな」

「詳しいな、千両稼ぐというのは真なのか」

「ああ、一年の稼ぎだ。わたしは芝居小屋とはちと縁があるのだが、なに、皆、知っていることだ」清兵衛は顔をしかめる。

「しかし、手鎖とは……」

　そこに足音が鳴った。

横丁の反対側から新吉が走り込んでくる。こちらに気がつくと、自分の家の前を通り過ぎて、三人の前に立った。

「おう、久松、聞いたかい」

「聞いたさ、だから慌てて来たんだ」

登一郎は息を整える新吉を見た。

「もう、広まっているのか」

「ええ、たちまちに。で、先生、教えてほしいことがあるんです。鳥居耀蔵のことで……ちょいとうちに来てもらえますかい」

「書くのだな」

ささやき声に、新吉は鋭い目で頷く。

「ほう、なれば行っておやりなされ」

清兵衛に促され登一郎は、先に立った新吉と久松に続いた。

新吉の家に入ると、そこには仲間の一人文七(ぶんしち)も来ていた。

「さっき、来たところでさ」

皆で二階へと上がる。ここが読売を作る作業場だ。新吉の女房おみねもすぐに茶を持って上がって来た。

新吉は腕をまくる。

「海老蔵はこれまでの贅沢を咎められたそうです。衣装や小道具に金をかけてきたのが不届き、木場の屋敷もずいぶんと立派に直したし、そこに妻のほかに妾二人も住まわせているのも不届きってことらしいです」

「妾も同居しているのか」

「ええ、けど、先生、あたしが聞きたいのはそこなんで。鳥居耀蔵も妾の子だって聞いてます。それも、父親の林述斎は何人もの妾を屋敷に住まわせているって、そりゃ、本当ですかい」

鳥居耀蔵の父は公儀お抱えの儒学者だ。代々、徳川家に仕えてきて、公儀の学問所でも儒学の講義をしている。その林家から鳥居家に婿養子に入ったのが耀蔵だった。

「うむ、それは秘されていることではないので、お城の者らは皆、知っている。正室を置かずに側室を何人も置いているのだ」

「何人いるんです」

「いや、その数はわからん。数人の側室がいて、それぞれに子を産ませ、この数が十七、八、いや、夭逝した子もあって十九人だという噂を聞いたことがある。鳥居耀蔵は確か四男だと聞いた気がするが」

「そんなにいるんですか」おみねが声を上げる。

「そいじゃ、お妾だって三、四人じゃすまないでしょうね」

「ふうむ、鳥居耀蔵の母は前原（まえはら）家の娘というが、あとは何人、どこの家から入ったのかわからぬ」

「へえぇ」久松が息の抜けた声を出す。

「あきれたもんだ、それなのに二人の妾に目くじらを立てるたぁ、てめえのことを棚上げにするものいい加減にしろってんだ」

「ふん」文七は鼻を鳴らす。

「武家はよくて町人はだめってことだろう。なににつけてもそうだ」

「おう」新吉は襷（たすき）を手に取ると、袖をからげた。

「冗談じゃねえや、おみね、早速、絵を考えてくれ、絵は大きく使うからな」

「あいよ」

おみねは下に降りて行く。おみねの机は下にある。

「よし、じゃ書くぞ、つっても文は短くていいな」

文七が言うと、

「おう」新吉は頷いた。

「お縄になったってことしか、今は書く種はないからな」

「よし」

文七は筆を執る。と、その顔を登一郎に向けた。

「そういえば、鳥居耀蔵は名を変えたんですよね、忠耀（ただてる）に」

「うむ、水野忠邦から忠の字をもらったのだろう」

「けっ」久松が顔をしかめた。

「上に取り入るおべんちゃらだな」

「おう」新吉が笑う。

「だから、誰も忠耀とは呼ばないんだろうよ、今でも町じゃあ鳥居耀蔵で通ってるからな」

「そうそう、耀蔵だろうが忠耀だろうが、妖怪は妖怪だしな」

文七は墨を磨（す）り始める。

「そいじゃおいらは」久松が立ち上がった。

「町の声を聞き集めて来るぜ」

刷りを受け持つ久松は、勢いよく階段を降りていった。

「明日、売るのか」

登一郎の問いに、「はい」と新吉が頷く。

「では、また見張りを務めよう、明日の朝、また参る」

登一郎が立つと、新吉は見上げた。

「いいんですかい」

「うむ、助っ人だ」

登一郎は目顔で笑って、階段を降りた。


翌朝。

夜明けとともに、佐平に作らせた握り飯を持って、登一郎は新吉の家へと上がった。

すでに四人とも起きていて、久松が刷るのを皆で手伝っていた。

握り飯を渡すと、登一郎は刷り上がった読売を手に取った。

ほほう、と目を瞠る。

右上に大きな絵がある。大きな二枚貝から舌を出した妖怪は前と同じだ。甲斐守を貝に掛けての姿だ。だが、前と違うのはその化け貝が絢爛豪華な建物から出て来ているようすだった。建物には何人もの着飾った女達の姿も描かれている。

「これは、もしや竜宮城か」

登一郎の問いに、おみねが握り飯を頬張りながら頷く。

「ええ、すぐにわかるでしょ、思いついて、筆が気持ちよく走りましたよ」

「おう、いい絵なんで、おっきく入れたんでさ」新吉も手に取って掲げる。

「この海老もいいでしょ」

左の下には大きな海老が一匹、鎖に巻かれている。

「ふむ、海老蔵だな」

「ええ」文七が言葉を受ける。

「まあ、團十郎の名が大きすぎて、今でも七代目って呼ぶ人らもいますけどね」

七代目團十郎は〈歌舞伎十八番〉を定めたり、さまざまな見せ場を作ったりしたことで、絶大な人気を得ていた。

お、と登一郎は海老を見つめた。長い髭の片方がねじれて五という字になっており、もう片方が七になっている。

「ふむ、これならば誰が見てもわかるな」

「へい、それに」久松が手を伸ばしてきた。

「顔も見てくだせえ、隈取りがありやすでしょ、こりゃ、海老蔵が得意とする役の隈取りでさ」

よく見ると、海老の顔には隈取りが入れられている。

「なるほど」

海老の顔は口惜しそうに歪んでいる。

「さて」

握り飯を呑み込んだ新吉が手を叩いた。

「行くとしよう、まずは堺町だ」

堺町は芝居小屋の中村座があった町だ。去年の十月七日に火事が出て、その火は葺屋町の市村座も焼き尽くした。

芝居小屋を目の敵にしていた水野忠邦は再建を許さず、二つの小屋はその地から消えた。

水野忠邦はその機に芝居小屋を排そうとしたが、北町奉行の遠山金四郎が廃止に強く反対し、浅草に移すことで折り合いをつけたのだ。

「堺町の次は大川（隅田川）を渡って深川に行く、櫓下に集まろう、で、次は……」

新吉は読売を売る順を説明していく。

登一郎は懐に入れておいた小さな笛を取り出すと、ぎゅっと握った。

堺町の辻で、登一郎は先に来て待っていた。

来た、と登一郎は笛を握る。

三人が小走りにやって来た。深編み笠を被って、顔は見えない。公儀への批判を書いた読売は禁止されており、見つかれば捕まる。ために顔を隠し、役人が来ればすぐに逃げることになっている。

辻に立った三人の前に、すぐに人が集まった。

「さあさあ、みんな、もう知ってるかもしれないが、五代目海老蔵がお縄になった。いきなり手鎖、家主預けとなったから驚きだ」

集まったなかから男の声が飛ぶ。

「お沙汰はいつ出るんだい」

「いや、そいつはわからない、ひと月後かふた月後、もっとかかるかもしれない。なにしろ、お縄になったのが昨日、これから吟味が始まるってわけだ」

新吉は読売を掲げる。

「とにかく、これを読んでくれ。お縄にしたのは誰かってえ話だ」

男が手を伸ばす。

「一枚くれ、誰って、そらぁ妖怪に決まってんだろうがよ」

「おう、絵解きだな、こっちも一枚だ」

次々に手が伸びる。

久松も文七も客らに次々と売っていく。

「ほら、やっぱし、貝の妖怪だ」

手にした男らが顔を見合わせる。

「甲斐守だな」

「おう、そんなことするやつは鳥居耀蔵のほかはいねえよ」

「こらぁ、竜宮城か」

男が読売を手に掲げる。

「なんでい、貝は竜宮城から出て来たってことかい」

「妖怪なのに竜宮城かよ」

「そういや、妖怪の父親林述斎は、女をいっぱい囲ってるってぇ噂を聞いたことがあるぜ」

江戸の町人は、幕臣の噂にも詳しい。

「おう、だから竜宮城か」

「ははは、こりゃいいや」

笑いが起こる。

登一郎はゆっくりと、周囲を歩いていた。
目だけを動かして、四方八方を窺う。
手には笛を握りしめていた。
と、その手を上げた。
道の向こうに黒羽織が見える。町奉行所の同心だ。
手下の岡っ引きを連れて、こちらに向かってくる。
そちらに背を向けて、登一郎は口に笛をつけた。うつむいて、思い切り息を吹き込む。
ピイーッ、と高い音が響いた。
三人は走り出す。
それぞれの方向に散って、たちまちに姿を消した。
読売を買った者らも、慌てて懐にしまい、早足で離れて行く。
登一郎もその流れに混じって、辻をあとにした。
次は深川か……。息を吸い込むと、登一郎は大川に向かって歩き出した。

五

読売は三日、売り歩いて終わった。

登一郎はゆっくりと茶を飲みながら、脚をさすっていた。三日間、町から町へと歩き続け、時には小走りになったことで、昨夜は脚が攣って目が覚めた。起きてからも、脚が痛かった。

佐平が苦笑しながら登一郎を見る。

「揉んで差し上げましょうか」

佐平は読売のことに気づいているのかどうか、わからない。あえて、それを問うこともしていなかった。

「いや、大丈夫だ」

登一郎は身を正す。

「おや」と佐平が顔を横に向けたのに気づき、登一郎も顔を上げた。

少し開いたままにしていた戸から、女がそっと覗き込んでいる。

「なにか」

登一郎の問いに、女は少し身を引いて、おずおずと口を開いた。

「銀右衛門さんの家はこちらじゃないですか」

「ああ」登一郎は立って土間へと下りて行く。

「ここではない、あちらだ」

外に出ると、女を二軒隣に案内する。清兵衛の家の隣だ。

家の軒下には小さな板きれが、下げられているが、字は〈つごう　銀右衛門〉としか書かれていない。

「ここだ」

その板きれを指さしながら、登一郎は苦笑した。まあ、これではわかりにくいな……。都合するのは金だが、それはあえて書かずにいるらしい。やって来るのは、人づてに聞いた者だけだから、障りはないのだろう。

「銀右衛門さん」

登一郎はそっと声をかけた。四十代半ばに見える銀右衛門はいつも口をへの字に曲げていて、顔を合わせても挨拶しかしない。

「お客ですぞ」

声を高める。

と、隣の清兵衛の家の戸が開いた。出て来た清兵衛が、

「留守だぞ」と、言いながら寄って来た。

「銀右衛門さんはいつもきっちりと四つ（午前十時）の鐘とともに出て行くのだ。で、湯屋に行き、中食をとって半刻（一時間）後に戻って来る。ゆえに、まもなく戻るだろう」

「ほう、そうなのか」

「うむ、いつも同じゆえ、なにをしているのかと聞いたことがあるのだ。算に強い人は、刻の数にもきっちりと合わせないと気持ち悪いらしい」

「あらまあ」女が笑い出した。

「そんな人なら、おかしな利息は乗せたりしないんでしょうね」

「うむ」清兵衛も笑顔になる。

「戻るまで、うちで待つがよい」

清兵衛は土間へと招き入れる。

女が上がり框に腰を下ろすと、登一郎も土間に入って戸の前に立った。

「初めてなのだな」

「はい、女でも貸してくれますかね」

「うむ」座敷で清兵衛が頷く。

「女でも若くても年寄りでも貸す人だ。だが、なんのために要りようなのか、それを問うて、返せそうならば、の話だ」

「なんのためって……」女は剃(そ)られて眉毛のない眉間(みけん)を狭める。

「お金がなくなっちまったからですよ。あたしゃ、髪結いをしてたんだけど、御法度になっちまって稼ぎが途切れて困ってるんですよ」

公儀は奢侈禁止の一つに、女髪結いの禁止を入れた。髪結いは以前は男の仕事であったが、近年は女の髪結いが増え、町家や長屋の女達も髪結いを呼ぶようになっていた。それが贅沢として、咎められたのだ。

「まったく」女が口を尖らせる。

「大した銭をもらってるわけじゃなし、贅沢なもんか。だいたい、男の髪結いは力が強くて痛いんですよ。それが女ならちょうどいい塩梅(あんばい)で、結われるほうも気持ちがいいんだ。それに、女同士なら結いながらいろんな話ができて、楽しいんですよ。ちっちゃい楽しみだってぇのにさ」

「ふうむ」登一郎は腕を組んだ。

「そういうものか」

「そういえば」清兵衛が口を開く。

「先月も女髪結いが金を借りに来ていたな。内職を始めて返す、という話を聞いて、銀右衛門さんは貸していたが」

「ああ、そんなら大丈夫」女は胸を叩く。

「あたしゃ、ちゃんと考えがあるんだ。うちの亭主の仕事を手伝うことにしたんですよ。うちの人は鍋釜の直しをしてるんですけどね、あちこち回ってその場でやってるんです。そうすっと、ほら、歩くのに時がとられるでしょう。だから、あたしがね、あちこちを回って、穴の開いた鍋釜を預かって来ようと思ってるんです。で、うちの人が家で直しをするって寸法……そんなら、いっぱい直しができるでしょう」

ぺらぺらと舌を回しながら、女が胸を張る。

「なるほど」登一郎は感心して見た。これなら、確かに客と話が弾みそうだ……。

「しかし、髪結いの仕事がなくなって困窮しているということは……鍋釜直しの仕事は、さほど儲かるものではないということか」

「ああ」女はまっすぐに見上げる。

「まあ、やっちゃいけるんですけどね、けど、あたしが髪結いを始めたら、ゆとりができたんですよ。それで子供らを寺子屋に通わせてやれるようになって、二番目が男の子なんですけど、そっちは算盤も習わせてるんです。あたしは寺子屋に一年しか通わせてもらえなかったから、難しい字は読めなくてさ、そんで口惜しい思いをしたから、子供らには、ちゃんと最後まで通わせてやりたいんですよ。だってねえ、女の子だって、字が読めればいいとこに奉公に上がれるでしょ、あたしゃ、ずっと下働きで馬鹿にされたから、子供らにはそんな思いをさせたくないんですよ、ましてや、男の子だったら、どこに奉公するかで、その先ずっとが決まっちまいますからね。習い事だけは辞めさせたくないんだ、だから、あたしが手伝って儲けが増えるまでのつなぎのお金にしようと借りに来たんですよ」

一気にまくし立てて、ふう、と息を吐く。

「ほう」登一郎は目を細める。

「大したものだ。亭主も心強いであろう」

「ええ」女は肩をすくめて小さく笑った。

「うちの人は気がやさしいもんで、あたしのおせっかいがちょうどいいんですよ。もともと、うちの人は金物屋で奉公してたんですけどね、あ、だから、鍋釜の直しもできるんです。けど、そこの主がなんてえんでしょう、欲深で意地が悪くて、お客には一番高いものを売れって言うし、奉公人には馬鹿とか間抜けって毎日、怒鳴り散らすそうで、うちの人、朝、家を出る前に何度も溜息を吐くんですよ。だから、言ってやったんです、そんなとこ辞めちまいなって」

「ほほう」清兵衛が身を乗り出して女を見る。

「よい気っ風だ」

ふふっ、と女は顎を上げた。

「それで、あたしゃ髪結いを始めたんです。子供の頃から妹らの髪を結ってたし、上手だってんで、おっかさんや隣のおばさんらの頭もやって褒められたんです、手先がもともと器用なもんで。だから、女髪結いができるって思ってね、したら、すぐにお客ができて、どんどん増えたんですよ」

「ふむふむ、なるほど、そなたは客商売に向いていよう」

登一郎の言葉に、女は笑う。

「ええ、あたしもお客さんが大好き」

「おっ」清兵衛が腰を浮かせた。

「銀右衛門さんだ、おうい」

大声を上げる。

家の前で立ち止まった銀右衛門に、清兵衛は女を手で示す。

「お客だ、待ってもらっていたのだ」

「ああ、それは、申し訳ないことでした」

腰を折る銀右衛門に、女は立ち上がって頭を下げる。

「お金を借りに来ました」

「はい、では、こちらに」

銀右衛門について、女が出て行く。

戸の開け閉めの音に続いて、隣から女の声が聞こえてきた。今し方の話を、また繰り返している。

登一郎は薄い壁をしみじみと見た。

「ここも筒抜けだな」

「うむ」清兵衛は苦笑する。

「それゆえに、のっぴき横丁に住まわせるのは口の堅い者に限っているのだ」

「なるほど」

苦笑が向き合い、笑い声に変わった。

「よし」

登一郎は脚をさすって、頷いた。数日経って、脚の痛みはすっかりなくなっていた。外でも歩くか、と戸口を見ると、そこに人影が映った。おや、と腰を浮かせると、戸が動いた。

「ごめんくだされ」

するりと入って来たのは浦部喜三郎だった。かつて、登一郎の配下だった男だ。

登一郎は隠居を決めたときには作事奉行の役に就いていたが、その前は目付だった。徒目付は目付の命で探索などを行う役だ。徒目付の浦部は、登一郎の片腕ともいえる男だった。

「おう、喜三郎ではないか」

登一郎は手で招く。

「さ、上がれ」

「はい、お邪魔を」

上がって来た喜三郎は着流し姿で、しがない浪人に見える。徒目付は探索の役目を負うため、姿を変えて町に出ることも多い。

向かい合った喜三郎は、小さく頭を下げた。

「近くまで来たもので、ちょっとお顔を見たくなりまして」

「ふむ、なにかあったか」

登一郎の問いに、はい、と喜三郎は膝行して間合いを詰めた。

「跡部大膳様のことでございます」

「なに」

登一郎は顔を歪めて身を乗り出した。

跡部大膳は、登一郎に隠居を決断させた相手だ。その傲岸不遜の振る舞いに登一郎が立腹し、もの申したことで不興を買ったのがきっかけだった。登一郎を疎んじた跡部に左遷されそうになったため、城を去ることを決めたのがこの一月の出来事だった。

「どうした、勘定奉行を辞めたのか」

跡部大膳は五年前、大坂東町奉行に就いていた。その折に、大塩平八郎が大坂の町で反乱を起こし、鎮圧に当たることになった。乱は平定したものの、鎮圧の際、落馬したことで物笑いになり、それは江戸にも伝えられていた。

その後、江戸に戻り、大目付を経て勘定奉行に就いていた。

「いえ」喜三郎は首を振る。

「それどころか、お役が増えたのです。日光東照宮参詣御用取扱のお役と道中奉行のお役を、勘定奉行との兼帯として賜ったのです」

む、と登一郎の口が曲がった。

「そうか、来年は上様が日光に参詣なされるのだな」

十二代将軍徳川家慶（いえよし）は、歴代の将軍に倣（なら）い、初代家康公（いえやすこう）が祀（まつ）られている日光東照宮に参詣することが決まっていた。

「はい、ご参詣のための準備を今月から始めるそうです」

「ふむ、名誉な役だからな、自ら望んだのやもしれん」

跡部大膳は老中首座水野忠邦の実弟だ。水野家から跡部家に養子に入ったものの、実兄との繋がりを大事にし、兄もなにかと重用している。ために、それを笠に着て、城中では驕慢（きょうまん）な振る舞いが多い。

「ええ」喜三郎が頷く。

「水野様も、弟の手柄にしたいのでしょう」

ううむ、と登一郎は城のほうへと顔を向けた。

「兄の力が続く限り、跡部大膳の勢いも止まらぬ、ということか」

登一郎の歪んだ顔に、喜三郎は目顔で頷く。

ふうっと、登一郎は息を吐く。

「いや、隠居してよかった。お城にいたら、腹が立つことばかりであったろうからな。

この口も閉じてはおれぬし」

苦笑する登一郎に、あ、と喜三郎が首を縮める。

「跡部大膳のことなぞ、お知らせせぬほうがよかったでしょうか」

「ああ、いや」登一郎は面持ちを弛める。

「聞かせてもらってありがたい。やはり城中のことは気にかかってな、時折、お城の近くに行って見上げたりもしているのだ」

「そうでしたか」喜三郎はほっと肩を落とす。

「なれば、またなにかあれば、参ってもよいでしょうか」

「おう、むろんだ。なにもなくとも寄ってくれ、話がしたい」

「はい」笑顔になって、喜三郎は腰を上げた。

「では、わたしはこれで」

「や、飯屋にでも……」

言いかけて登一郎は口を噤んだ。重臣を敵に回して隠居した登一郎は、乱心の噂も立てられ、直参から白い目を向けられている。

そんな者と共にいることを見られでもしたらなにを言われるかわからんか……。そう思うと、苦い笑いがこぼれ出た。

「そういうわけにはいかんな」

苦笑する登一郎の心中を察して、喜三郎は神妙な面持ちになった。

「お城勤めというのは、窮屈(きゅうくつ)なものです」

ふむ、と登一郎の笑みが和らぐ。

「よいぞ、横丁暮らしは」

喜三郎も笑顔になった。

「羨ましい限りです、ではまた」

出て行く喜三郎を登一郎は戸口で見送った。

第二章　負けじの絵師

一

家を出ようと、戸口に立った登一郎は、戸を開けようとした手を止めた。障子に人影が立ち、外から開いたからだ。

「え、父上」

開けたのは三男の長明(ながあき)だった。暗い内側からは障子に映る影が見えるが、外からは内の人は見えにくい。

「おう、そなただったか」

笑顔になった父に、長明は丸くした目で頷く。

「驚いた、お出かけですか」

「湯屋に行くところだ、ふむ、そなたも行くか」

「湯屋」と長明は戸惑う。

「父上とですか」

「いやか、そなた、湯屋に行ったことはあるのか」

「はあ、以前、友と町を歩いている折に、入ってみました……そうですね、行きましょう」

「おうい」登一郎は振り返る。

「佐平、手拭いを持って来てくれ」

はい、と手渡された手拭いを受け取り、長明は懐にしまった。

二人で道を行き、曲がり、湯屋に着く。

着物を脱いだ父に従って、息子も脱衣所から柘榴口(ざくろぐち)をくぐる。湯気や熱気が通らないように、狭くなった入り口だ。

中は湯気が立ちこめ、音や声が響き渡る。

陸(おか)と呼ばれる流し場で湯を浴びて、二人は湯船につかった。

ふう、と長明の息が漏れた。

「広いと気持ちがいいですね」

「うむ、屋敷の狭い風呂と違って、湯気で冬でも温かいしな……ちと、賑やかではあるが」

登一郎は周りに目を向ける。

湯気の中から男達の声が伝わってくる。

「海老蔵はどうなるんだよ」

「さあな、吟味を受けてるって話だぜ」

「吟味たって、贅沢が不届きだってんだろ、罪だと言い立てりゃ、なんだって罪になるじゃねえか」

「まったくだ」声が低くなる。

「だいたい、贅沢だってぇんなら、お城のほうがよっぽど贅沢をしてるじゃねえか、なぁにが質素倹約だ」

「おうよ」ささやき声に変わった。

「そもそも、金がなくなったっつうのは、先のオットセイ公方(くぼう)のせいだろう、五十何人も子供を作りやがってよ」

先代の将軍家斉(いえなり)は多くの側室を置き、これまでにない五十二人の子を持った。漢方で強精剤とされるオットセイの陰茎(いんけい)を服用していたことが知られ、町で密かに仇名(あだな)で呼ばれていた。

「そうさ、おまけにオットセイ公方、浜御殿(はまごてん)に次々に建物を建てて、できあがるたんびに、祝いの宴を開いてたっていうぜ。冗談じゃねえや」

「おうよ、質素倹約だって、大奥は特別に許されたって話だぜ、それはならぬ、ってお女中に拒まれて、引き下がったってぇじゃねえか」

「けっ、そんで、こっちは禁止の雨かい、冗談じゃねえや」

次々に出される禁止令は、法令雨の如しと言われていた。

登一郎は息子を見た。顔は向けないが、耳を立てているのがわかった。

「さて」登一郎は湯から上がる。

「身体を洗うか」

付いて来た息子に、登一郎は丸い小さな包みを手渡した。

「せっかくだ、背中を流してくれ」

「はい」長明はそれを手にした。

「糠袋(ぬかぶくろ)ですね」

「そうだ、町では金玉(きんたま)と言うのだ」

「き……」

詰まらせた息を、すぐに笑いで噴き出す。

手を動かし、勢いよく父の背中をこする。

「いいものですね、湯屋も」

「うむ、世を知るにもよい」

二人は湯を被り、再び湯船につかった。

柘榴口を出て着物を着た登一郎が、顎をしゃくる。

「上で茶菓を頼もう」

はい、と長明は父に付いて階段を上がる。

湯屋の二階は座敷になっており、茶と菓子を注文できる。

温まって桃色の顔をした男や女が、それぞれに茶菓を楽しんでいた。が、以前にはあった練り切りなどの高級菓子はなく、皆、質素な団子や煎餅(せんべい)を頬張っている。

長明はそっと父に言った。

「市川海老蔵の噂で持ちきりですね」

「ああ、役者は江戸の華だからな、皆、黙ってはおれぬのだろう」

「芝居小屋ができる頃には、放免(ほうめん)されるのでしょうか。母上と叔母上は、芝居見物を楽しみになさっておられるようです」

「照代も、か」

「はい、先日も着ていく着物を選んだりしておられましたよ」

ふうむ、と登一郎は茶を含む。

登一郎が屋敷にいた頃には、芝居見物に行かせたことはない。行きたい、と言われたこともなかった。まあ、それは、と登一郎は思う。言っても許されるはずがない、と思っていたからだろう……。

「芝居小屋はどうなっているのでしょう」長明は小首をかしげる。

「大きな造りゆえ、日がかかるのでしょうね」

「ふむ、浅草の聖天町に建てているらしいが、わたしもどうなっているのかは知らぬ。まあ、でき上がったら、そなたが母らの供をしてやるがよい」

「はい」頷きつつ、長明は上目になった。

「あの、父上は母上のことが心配にはならないのですか」

「心配、とは、なにかあったか」

「いえ……ですが、母上は心配されてますよ、父上のごようすはいかがであったか、とこちらに来るたびに訊かれますので」

「ふむ、わたしとて、そなたに尋ねておろう」

ううん、と長明は首をひねる。

「それはそうですが、なんというか、情のこもり方が違うというか……」

小声になった息子に、登一郎もつぶやき声に変わった。

「武家の縁組みなど、情とは別のものだ。情のまったく通わぬ夫婦とて、珍しくはないと聞くぞ」

「はあ、それはわたしも聞いたことがあります。友の一人は、冷えた父母だと言うていました。言葉をほとんど交わさないゆえ、喧嘩にもならないそうですが、どうも、初めからそうだったようで。父上も、その……気が進まない縁組みだったのですか」

「そういうわけでは……」登一郎は口を歪めて小さく笑った。

「わたしよりもあちらだ。照代は、しかたなしの縁組みであったろう」

「は、そうなのですか、しかたなし、とはどういう……」

小首をかしげる息子から顔を逸らして、父はぼそりと答えた。

「照代にはほかに慕う男があったのだ」

「えっ」長明が目を大きくする。

「そうなのですか」

登一郎は目を伏せて頷く。

「ああ、結納の日に、照代が妹と話しているのを聞いたのだ」

登一郎の脳裏に、その折の光景が甦る。結納の儀が終わって照代が下がり、軽い膳が出されたあとだった。厠を借りた登一郎が廊下を戻る途中、障子の向こうから女の声が聞こえてきた。思わず足を緩めた。

〈まあ、そうなのですか〉

〈ええ、そなたにもこっそりお顔を見てもらいたかったわ〉

照代だ、とわかった。妹が一人いることは聞いていた。見る、とはわたしのことか……。そう胸がとくんと鳴った。

〈目元のあたりが似ているの、あのお方に〉

あのお方、とは誰だ……。鳴った胸が揺れる。

〈まあ、真に……夫となられるお方が、お慕いするお人に似ているなんて、姉上はなんて運がよいのでしょう〉

〈ええ、そう思ったの。ほっとしたわ〉

なんと、と登一郎は唾を飲み込んだ。止めかけていた足を踏み出すと、そっとその場を離れた。

廊下を行きながら、聞いたばかりの言葉が耳の奥で渦巻いていた。〈お慕いするお人〉とは……そのような相手があったのか……。先ほどまでの浮き立つ気持ちが、地の下にまで沈んでいった。

背けた顔の眉間が狭まる。そのときの苦い気持ちまでもが甦ってくる。

「へえ」長明は眼を動かす。

「母上にそのようなお人がいたとは……どなたか、ご存じなのですか」

「知らぬ。おそらく兄上の友の一人、であろう。屋敷に訪ねてくる姿を見かけ、いや、話しをしても不思議ではない」

「はあ、なるほど、武家の娘が出会う男など、限られてますからね」

「さよう。だが、その男が部屋住みであれば、縁組みには至らぬだろう。仕事のない男に娘を嫁がせる親はいないからな」

「そうですね、男のほうも部屋住みであれば、嫁取りなど考えないでしょう。わたしも考えられません」

長明は苦笑する。と、その顔を真顔に戻した。

「父上にも、そのようなお方がおられたのですか」

「いや」登一郎は顔を向ける。

「わたしはそのようなことはない」

結納の日に、初めて顔を合わせた照代に、見入ったことが思い出された。

うつむきがちの顔には鮮やかな紅が引かれ、頬もほんのりと色づいていた。そのはにかんだ笑みから、登一郎は目が離せなかった。女に目を奪われたのは、初めてのことだった。

「いやぁ」天井を見上げて、長明は焼き団子を頬張る。

「そうでしたか」

顔を振る息子からまた顔を逸らし、登一郎も団子を頬張った。

「みたらしも食うか」

「はい」長明が顔を戻す。

「いただきます」

うむ、と登一郎は店の者に手招きをした。

翌日。

登一郎は清兵衛の家に向かった。と、戸口の前で足を止めた。

表の道から声が聞こえてくる。

今日は見台を出しているのだな……。そっと首を伸ばすと、表の見台に清兵衛が座り、客と対している姿があった。清兵衛は気が向くと、易占いをする。

「寿命を知りたいのか」

清兵衛の声に、向かいの小さな床几（しょうぎ）に腰掛けた老人が答える。

「へい、もう早くあの世に行きたいんでさ。おっかあが死んでこっち、さびしくてなんにもする気が起きねえんで」

「ふうむ、子はおらぬのか」

「娘が二人と息子が一人……息子が家に来いって言ってくれてるんですけど、その嫁さんがいやがってるのが、もう、顔見りゃわかるんで」

老人は大きな息を吐く。

「嫌がられてまで行きたかぁないし、かといって一人だと寂しいしで……ほんとにもう、やめにしちまいたいんで。どうです、いつ死ぬかわかりませんかね」

「ふうむ、では手を出してみよ」

登一郎は清兵衛の家の陰から、そっと顔を覗かせた。

へい、と老人が差し出した掌（てのひら）を清兵衛が見つめる。

「ふうむ、寿命を示す線は長いな」

「え、じゃ、まだ生きるんですかい」

「いやまあ、線が長くとも死ぬ者は死ぬ」

「ええっ、そいじゃ見ても無駄じゃねえですかい」

ふむ、と清兵衛が顔を見つめた。

「死相も出ておらんな。寿命が尽きるのはまだ先ということだ」

ええっ、と老人は肩を落とす。

うほん、と清兵衛は咳を払った。

「人は生まれてしまったからには、死ぬまで生きるしかないのだ。ひとりで寂しければ、猫を飼ってはどうだ」

「猫、ですかい」

「うむ、犬でも鳥でもよい、おっと、小鳥を飼うのは禁止になったのだったな」

江戸の町では小鳥を飼うことが流行っていたが、それも贅沢とされ、小鳥屋は商売を禁じられていた。

「はあ、犬猫ねえ……」

「話し相手になるし、世話を焼く相手がいれば寂しさも薄れよう」

ふうん、と老人は上に目を向ける。

「そういや、近所のおきくばあさん、猫は孫よりかわいいって言ってたな……ちょっくら、話を聞いてみるか」

「うむ、それがよい。そのおきくさんを訪ねる際には、菓子を持って行くのがよいぞ。それで茶を淹れてもらえるようなら、ゆっくりと話しをしなされ」

「へえ、菓子ねぇ、なにがいいんでやしょ」

「うむ」清兵衛は見台の骰子を転がす。

「あられがよいと出ている」

登一郎は口元を押さえ、噴き出しそうになるのを呑み込んだ。占いなどではないことはわかっている。気持ちを強くするのが肝要、というのが清兵衛のいつもの言い分だ。

「あられですね」老人は顔を上げた。

「そうか、じゃ、そうしてみっか」

懐から巾着を取り出して、銅銭を置く。見料は初めに決めてあったらしい。

立ち上がる老人を、清兵衛が見上げた。

「死ぬまでは生きる、それもこの世の修業と思うほかない」

「へえ、さいで」

老人は小首をかしげながら背を向けた。

去って行く老人を見送って、登一郎は表に出た。

「お、来ていたのか」

見上げる清兵衛に、頷いた。

「うむ、思わず聞いてしまった。寿命とは、難しい見立てだな」

「ああ、だが、けっこう多いのだ。生きるのも大変、死ぬのも大変ということであろう……して、なにか用向きであったか、あ、前の床几に座られよ、客に見えて繁盛してるふうになる」

ふむ、と腰を下ろす。

「清兵衛殿は芝居に詳しいようだ、縁もあると言うていたな」

「うむ、昔、関わったことがあるのだ」

「ほう、さようであったか。では、聖天町の芝居小屋はどうなっているか、知っておられるか」

「ああ、造っている最中だ。そういえば、わたしもしばらく行っていないな」

浅草の方角に顔を向ける。

「どうだ」登一郎にその顔を向け直した。

「行ってみるか」

「え、聖天町にか」

「うむ、どうなっているか、見ればひと目でわかる」

「ふむ、そうさな、行ってみるとするか」

「よし」清兵衛は頷く。

「では、明日、参ろう」

おう、と登一郎は立ち上がった。

二

両国橋（りょうごくばし）の下から猪牙舟（ちょきぶね）に乗り込むと、登一郎と清兵衛は大川を遡（さかのぼ）った。浅草は上流にある。

登一郎は舟に揺られながら、左右を見回した。大小の舟が行き交っている。

「思いのほか、揺れるものだな」

登一郎の言葉に、清兵衛は頷く。

「夕刻になると、吉原を目指す舟が増えて、こんなものではない。船頭が櫓（ろ）を競い合うから、もっと揺れる。登一郎殿は、舟は初めてか」

「うむ、芝居小屋も初めてだ」

登一郎は苦笑して、乱れた着物を直す。着流しで脇差しだけの姿なのは、清兵衛に合わせてのことだ。清兵衛はいつも着流しだ。裾を乱すこともなく、舟の揺れに身をまかせている清兵衛を、登一郎は見た。

「清兵衛殿は芝居小屋に縁があると言うていたが……」

「うむ、昔、囃子方として出ていたのだ。わたしは笛を吹き、金さんは鼓を打っていた」

「金さん、とは遠山金四郎殿のことか……いや、そういえば遠山殿は若い頃芝居小屋に出入りをしていたらしい、という噂を聞いたことがあるが」

武家の部屋住みは仕事がなく暇を持て余している。ために、たしなみとして身につけた笛や鼓などで、歌舞伎の囃子方に加わる者もあった。

「うむ、金さんとはそこで親しくなったのだ」

微笑む清兵衛に、登一郎は頷いた。

「そうであったか、なるほどな」

清兵衛は川面に生まれ出る波を見つめた。

「わたしの父は浪人となってから、笛を作って売っていたのだ。もともと、笛が上手で、竹を用いて好みの物を作っていたらしい」

　ほう、と登一郎は清兵衛の横顔を見る。昔を語るのは初めてだった。

「なるほど、では父上から手ほどきを受けたのだな」

「うむ、わたしは笛しかできなかったが、金さんは器用で太鼓も叩けた。舞台に出るのは面白かった」

　登一郎はすでに離れた神田の町のほうを振り返った。

「遠山殿は、今月は来られなかったな」

　先月は北町奉行所が月番であったのに、隙を縫って訪れ、杯を交わしたものだった。

　清兵衛も顔を向ける。

「町奉行の忙しさは役人のなかでも一番と聞くからな。来月はまた北町が月番となるから、当分、会えぬかもしれんな」

　舟はゆらりと揺れて、舳先の向きを変えた。

　川岸に寄って行く。

　清兵衛は行手に見えて来た小山を指さした。

「あれが待乳山だ、聖天様が祀られている寺がある」

　舟は桟橋に着けられた。

舟を下りて歩きながら、清兵衛は顔を巡らせた。

「あちらの土手を行くと吉原だ、が、我らはこちらを行く」

手を上げて進む清兵衛に、登一郎も並んだ。


道の先に、大きな建物が見えて来た。

少し離れて二軒の屋根が見える。

「おう、だいぶ進んだな」

清兵衛が屋根を見上げて目を細める。外見はもうできあがって見える。が、大工らが出入りし、中から金槌(かなづち)などを振るう音が聞こえてきた。

「こっちが中村座だ」

そう言って足を止める清兵衛に、背後から声が飛んだ。

「や、ひょっとして清さんかい」

小太鼓を脇に抱えた男が、前に回り込んでくると、清兵衛は「おう」と声を上げた。

「松柏(しょうはく)さんか、まだ、舞台に出ているのだな」

「そうさ、あたしゃこれよりほか、やれることがないからね。なんだい、見に来たのかい」そう言いながら、松柏は小屋へと歩き出す。

「舞台ももうできてるんだ、役者が早く稽古したいってんでね。さ、せっかくだ、入りな、お連れさまも」

松柏は登一郎にも、皺を深めて笑顔を向ける。

三人は小屋の中へと入り込んだ。

舞台では数人の役者が動いており、端では囃子方も並んで音を出している。

しかし、桟敷席や枡席は、造っている最中であることが見て取れた。

「立派なものだ」

高い天井を見上げる清兵衛のつぶやきに、松柏は肩をすくめた。

「いやぁ、前のに較べりゃあ質素なもんで。なにしろ、大きくしてはならぬだの、造りは簡素にせよだの、金をかけるなだの、お上からのお達しがうるさいのなんので」

「ほう、そうなのか」

「ええ、けどまあ、こうやってまた始められるだけでも御の字だ。お上は小屋をなくそうとしてたんだから。なんもかも、金さんのおかげよ」

老中首座水野忠邦は芝居小屋を排そうとしたが、それに抗したのは遠山金四郎だった。町人の楽しみをなくしてはかえって支配しにくくなる、と意見し、それが受け入れられたのだ。

「しかし」清兵衛が眉を寄せる。

「こんな辺鄙な所に追いやられるとはな」

前に芝居小屋があった所は、日本橋がすぐ近くの町中だった。

「いやぁ」松柏が笑う。

「こうなっちまったら、がたがた言ってもしょうがねえ。浅草裏ってのも悪かぁねえって、最近じゃ、みんな言ってるんだ。お、それにな、せっかく新しい芝居町になったんだからって、聖天町から猿若町に名前が変わることになってな、歌舞伎の元を作った役者、猿若勘三郎の名を取ったってわけだ」

「ほう、そうなのか、それはいいな」

「ああ、九月には柿落としをしようって、みんな、気合いを入れてるとこだ」

松柏は太鼓を抱え直すと、足を踏み出した。

「んじゃ、あたしは稽古だ、ま、ゆっくり見ていくといい」

そう言って、舞台のほうへと歩いて行く。

「同じ囃子方だったのだな」

登一郎の問いかけに、清兵衛は頷く。

「うむ、小屋の中では身分など問わないのが流儀でな、気持ちのよいつきあいだった」

　松柏が舞台の横に消えて行くと、入れ替わりに男が出て来た。

　清兵衛はその男を見つめて「おっ」と声を上げた。

「芳さん」

　と、走り寄って行く。

　相手は小首をかしげたが、すぐに手を打った。

「おう、清さんか」男は向かい合った清兵衛の肩に手を置いた。

「ずいぶん久しぶりじゃねえか、あんまし変わらねえな」

　登一郎はそっと歩み寄って行く。

「いや、歳を取ったぞ」

　清兵衛が目尻の皺を指さすと、男が笑う。

「なんでえ、同い歳じゃねえか、んなこと言うない」

「いや、わたしのほうが一つ上だ」

「ああ、そうだったか、けど、一つじゃ変わらねえよ」

　そう言いながら、男が近寄った登一郎に顔を向けた。

　清兵衛は横に来た登一郎に微笑む。

「歌川国芳師匠だ」

え、と登一郎は目を丸くした。

江戸の町で絵師の歌川国芳を知らぬ者はない。勇猛な武者絵で世に知られるようになり、武士にも人気だった。城の控えの間でも、国芳の新作の話題がそっと交わされていたのを思い出す。

「や、それは……あ、わたしは真木登一郎と申し、清兵衛殿とは同じ横丁でなにかと世話になり……」

そう言う登一郎の顔を、「ふうん」と国芳が覗き込む。

「めェさんはお城勤めの顔だな」

え、と登一郎は口元を押さえた。

ははは、と清兵衛が笑う。

「いや、もう隠居したお人なんだが、さすがだな、芳さんは」

「おうよ」国芳は顎を上げる。

「こちとら、人の顔を描くのが仕事だ、見りゃあ、どんなお人かわかるってもんだ」

「いや」登一郎は苦笑した。

「もう町に馴染んだつもりでいたのだが」

ふふっ、と国芳は笑う。

「長年のふるまいや思いってのは、深くしみ込んでるもんでね、そういうのが顔にも出るってこった」

国芳は笑いながら、舞台の上の役者を振り返った。

「役者だって、二枚目三枚目女形と、だんだんと顔ができあがっていくもんだ」

ああ、と清兵衛は頷いた。

「芳さんの役者絵は、見事にその人を描き出しているからな」

ふんっ、と国芳は鼻を鳴らした。

「せっかく芝居小屋がこんなに近くに来たってぇのに、筆が振るえないときたもんだ」

役者絵はすでに去年から、公儀の禁令に含まれていた。

「芳さんは、まだ向島に住んでいるのだな」

清兵衛の問いに、国芳は「おう」と返す。

「大川を渡ればすぐだってのによ。おまけに海老蔵まで手鎖たぁ、腹が立つったらありゃしねえ」

国芳は城の方角を睨みつける。

「いや」清兵衛は首を振る。

「芳さんは負けておらんではないか。去年の団扇は傑作だった」

国芳は団扇絵に何匹もの猫の絵を描いていた。顔は猫ではあるが、着物を着た役者であり、芝居好きならどの猫が誰かわかる仕組みで、忠臣蔵の主立った役者を並べていた。猫の絵の団扇は役者絵とは言えず、役人も文句は言えなかった。

「おう」国芳は笑う。

「くっだらねえ禁令なんぞに負けてたまるかってんだ。かえって腕が鳴るってもんよ」

国芳は袖をまくり上げる。色が白く細いが、それが美しく見える。

登一郎はその腕を惚れ惚れと見つめた。

「なるほど、絵師の腕は刀に等しい、ということだな」

「おっ、いいこと言ってくれるね」

笑顔になる。

清兵衛はその国芳の姿を改めて見て、小さく噴き出した。笑いを抑えながら、指で国芳の胸元を差す。

「芳さん、着物に猫の毛が付いてるぞ。相変わらずたくさん飼っているのだな」

「おう」と国芳は胸元を払う。

「今は七匹だ、小っせえのを二匹拾っちまってよ。懐から出ようとしねえから、抱えたまんま描いてるのさ」

目を細めて笑う国芳に、登一郎もつられた。

そこに舞台から声が飛んだ。

「国芳師匠、まだいるんなら、ちょいと松の絵を見ておくんなさいな」

手を振る男に、「おう」と声を返す。

「ちょっくら行くわ、またな」

立つ二人にそう言うと、小走りに戻って行った。

登一郎はその背中を目で追った。

「いや……小気味のよいお人だな」

「うむ、絵師としての気概が違う。大したお人だ」

清兵衛は我がことのように胸を張った。

三

翌日。

中食をすませた登一郎は耳を立てた。

隣の作次の家から声が聞こえてくる。

この声は……。耳を澄ませていると声がやんだ。と、すぐにこちらの戸口からその声が聞こえてきた。

「ごめんくださいまし」

千歳屋の嘉助だ。

「おう、入られよ」

登一郎の言葉に、嘉助が入って来る。

「お邪魔してようございますか」

「うむ、上がられよ、わたしも気にかかっていたのだ」

はあ、と嘉助は登一郎の向かいに座った。

「その節は……」

礼を言いながら、嘉助は手にしていた風呂敷包みを解いた。中から出てきたのは菓子の袋だった。

「このご時世なので粗末なものしか……おこしです」

米や粟、稗などを水飴と砂糖で固めた菓子だ。

「これはかたじけない、しかし、今後はお気遣い無用ですぞ」

受け取って、登一郎は微笑む。

「して、先ほどは作次さんを訪ねていたようだが」

隣を目で示すと、嘉助は頷いた。

「はい、今日は作次さんに鍵を作ってもらいに来ました」

「鍵とな」

「はい、実はおとっつぁんがあれからしばらくして目を開けまして……とは言っても起きられず、口もきけないままなんですが」

「ほう、だが、目を覚ましたのであれば、だんだんとよくなるであろう」

「はあ、医者もそうなるかもしれぬ、と。けど、まだわからぬとおっしゃってました。で、考えたんです。あの書き付けは簞笥に戻したほうがよかろう、と。あたしが持っていると、いざというときに、おかみさんらに信用してもらえないんじゃないかと思いまして。あたしが書いたと疑われかねませんから」

「ふうむ、なるほど、それはそうだな」

「はい、なので、簞笥に戻すことにしたんです。が、鍵がないもんで、作ってもらえないかと、作次さんを訪ねてきた次第でして」

「ふむ、できるのか」

「引き受けてもらえました。鍵穴を触った塩梅を手が覚えているから、作れるということで……で、待つあいだ、真木様にもご報告をと思いまして、お邪魔を」

「うむ、そうであったか。では、鍵ができるまでここで待つがよい」

登一郎が奥を見ると、佐平はすでに茶を淹れていた。

うほん、と登一郎は咳を払う。

「おかみはおとよさんと言ったな、嘉助さんが継ぐことには反対しそうなのか」

「はい……あたしは最初っから疎まれてたんです。初めてあの家に行ったときに、あたしを睨みつけてきたおかみさんの眼は、そのまま変わっていません」

「それまでは別の家にいたのだな、いくつのときだったのだ」

「六つでした。母がお産で死んじまって。赤子共々だめだったんです」

「ふうむ、それは難儀なことであったな」

「はい、深川の小さな家にいたんですが、あたし一人になっちまったもんで、あの家に連れて行かれました。それまで、おっかさんのことは知られてなかったようです」

「そうか、では、おとよさんは初めて知って立腹したのだな」

はい、と嘉助は口元を歪める。佐平が二人の前に茶を置いていった。

「般若(はんにゃ)のような顔で見下ろされました。いえ、今ならわかるんです。おかみさんは兄さん一人きりしか産んでないのに、おっかさんは二人目を産もうとしたわけで……そりゃ、口惜しかったでしょう」

「ううむ、確かにな。おまけにせっかくの実の倅が放蕩者となっては、口惜しさも晴れまい」

「はい。おかみさんも兄さんのことはもう見限っているんです。吉原に入り浸って女に反物を貢ぐし、今は深川の岡場所に通っているようです。気に入った女がいるようで」

「ほう、屋敷を訪ねた折、小僧があとを付けて行ったようだったが、それを探っていたのか」

「さようで。番頭さんが持ち出しに気づいて、小僧を付けたんです」

「ふうむ、店の物を持ち出すとは……それは主もおかみも知っているのか」

「知ってます。番頭さんから伝わってます。なもので、おとっつぁんはあの書き付けを書いたわけでして」

「なるほど、それはやむなしの判断と言えよう。しかし、当の長男とおかみが納得しないであろうな」

嘉助はこくりと頷いて、茶を飲んだ。

「兄さんは譲る気はないでしょう。ただ、おかみさんは兄さんに継がせるのはあきらめているはずです。兄さんは……瘡(かさ)（梅毒(ばいどく)）をもらってしまって、顔や手足に赤いぶつぶつが出たことがあるんです。瘡病みに来る嫁なんぞいない、子も持てない者に店を継がせるわけにはいかない、とおとっつぁんがはっきり言ってましたんで」

ふむ、と登一郎は顎を撫でる。

「道理だな」

「けど」嘉助が拳を握った。

「おかみさんはどうしてもあたしには継がせたくないんです。なもんで、それならいっそ売ってしまおう、と考えたに違いないんです」

「なるほど、そういうことか」

「はい、そもそも、御公儀の奢侈禁止で、絹物だけでなく、麻や綿(めん)でも艶(あで)やかな物は売れなくなって、商売がきつくなっていたんです。なんでも、今なら店と屋敷を七百両で買うという話があるらしいんです」

「七百両、とな」

「はい、どうも大番頭さんがあいだに入っているようでして、番頭さんがこっそりと探っているところなんです」

「ふうむ、店の中でも割れているのだな」

「はい、お恥ずかしいことですが」

首を縮める嘉助に、登一郎は顔を振った。

「いや、嘉助さんのせいではなかろう、しかし、そうなればあの書き付けは大事、確かに戻しておいたほうがよいだろうな」

「そう思われますか、そうですよね」

うんうん、と自らの言葉に頷く。と、その顔を戸口に振り向けた。

「開けますぜ」

作次が戸を開けた。

「おう」と登一郎が手で招き入れる。

「鍵ができたのだな」

「へい」座敷に上がって来た作次が、鍵を見せた。

「これで回るはずだ。一度、開け閉めして確かめてくんな。もし、回らなかったら、何回でも作り直すからよ」

「はい」嘉助は両手で受け取ると、額の上に掲げた。

「ありがとうございます」

「おうよ」

腕をさする作次を、登一郎は見つめる。

「開けたときも驚いたが、鍵まで作るとは、大したものだ」

へへん、と作次は顎を上げる。

「こんくらい朝飯前さ、おれが目指してるのは江戸で一番の錠前屋だからな」

「ほう、頼もしい限りだ」

「おうさ」

立ち上がる作次を、嘉助が見上げた。

「あ、ではお支払いを」

嘉助は登一郎に「お邪魔をいたしました」と頭を下げる。と、すぐに立ち上がり、出て行く作次を追って行った。

戸の閉まる音を聞きながら、登一郎は冷めた茶を口に含んだ。

登一郎は「そうだ」とつぶやいて菓子の袋を抱えた。

家を出ると、並びの端にある龍庵の戸口に立った。

「龍庵殿、おられるか」

「はい、どうぞ」

返事を聞いて、登一郎は戸を開けて入って行く。

「邪魔をいたす」

「どうぞお上がりを」

その誘いに座敷に上がりながら、登一郎は奥を見た。背中を顕（あら）わにした白髪の男が腹ばいになっており、弟子の信介（しんすけ）が腰の辺りに灸（きゅう）をすえている。

「忙しいのだな」登一郎は袋を差し出した。

「これを持ってきただけなのだ。以前、中風のことを尋ねた嘉助さんがいたであろう、今日、このおこしを持ってきてくれたので、礼の代わりと言ってはなんだが……」

「おこし」

上がったつぶやき声に、登一郎は顔を振り向けた。腹ばいの男が顔を上げている。

が、すぐに「おっと」と苦笑して顔を伏せた。

「ああ」と龍庵が手で膝を打つ。

「あの呉服屋の……あのお人は数日後に小僧さんを使いに寄越して、晒をくれたんですよ、話の礼だと言って」

「ほう、そうであったか」

登一郎は、気が利くな、と胸中でつぶやいた。なるほど、主が跡継ぎに決めるわけだ……。

「呉服屋の主は目が開いた、という話であった」

「ほう、そうですか。では回復するかもしれませんな。まあ、どこまで戻るか、わかりませんが」

「ふむ、中風というのは難しいものだな」

言いながら、登一郎は置いた菓子袋を手に取った。

「では、おこしは皆で食べるとするか」登一郎は振り向く。

「ご老人もいかがか」

え、と白髪の頭が上がる。

「いいんですかい」

ならば、と龍庵は小皿を出した。登一郎はそこにおこしを盛ると、差し出した。

「あ、あの」老人が顔を向ける。

「持って帰ってもようござんすか」

ふむ、と龍庵は懐紙を取り出して渡しながら、頷いた。

「そうか、じきに熊さんのとこには孫が二人いたな」

「へい、じきに三人目も生まれるんでさ」

目尻を下げる老人に、登一郎もつられた。

「なるほど、では、その腰は孫を乗せる大事な腰なのだな」

「へい、お馬さんをやってたら、下の孫まで飛び乗ってきて、痛めちまって。なに、このお灸で治りまさ」

「いやいや」龍庵が首を振る。

「熊さんはもともと腰にきているのだ。重い天秤棒を担いで毎日、歩いているのだから、ガタがきても不思議はない」

「ほう、出商いか」

登一郎の問いに、龍庵が頷く。

「瀬戸物を売り歩いているんですよ」

ふむ、と登一郎は町で見かける瀬戸物売りを思い起こした。大きな二つの駕(かご)に茶碗や皿を入れて、天秤棒に下げて売り歩く姿だ。

「瀬戸物は重いであろう」

龍庵も続ける。

「だから、もっと軽い物を売ればいいと言っているんですよ」

「いやぁ」老人は首を振る。

「もう何十年も瀬戸物を扱ってるんだ。だから物の良し悪しがわかるんで、あっしの瀬戸物は評判がいいんですぜ。今さらほかの物はやりたかねえんでさ」

「なるほど、瀬戸物もすぐ割れる物があるし、丈夫なものもあるな」

頷く登一郎に、老人が顎を上げる。

「へえ、そうでしょ、あっしは目が利きやすからね、すぐに割れちまいそうな物は仕入れませんぜ」

ううむ、と登一郎は首をかしげた。

「しかし、そうなれば長持ちするゆえ、次が売れないのではないか」

「あっちゃあ」老人は額を叩く。

「そいつは仕入れ先のおやっさんにも言われるんでさ。すぐに割れるものを売ったほうが商売になる、みんなそうしてるってね」

「ほう、それは道理」

　龍庵の頷きに、老人は首を振る。

「けど、あっしはそんな商売はしたかねえんだ。金がないのはみんな同じだ、損させるような商売したら、お天道様に顔向けできねえってもんでしょ」

「ふむ、商人の心意気というものだな」

　目を細める登一郎に、老人は頷く。

「そうでさ、あっしの自慢は恥ずかしくねえ稼ぎで一家を養ってきたってこって、この先もそいつは崩しゃしませんぜ。孫が増えたってておんなじでさ。四人でも五人でも、どんとこいってもんでさ」

　大きく笑うが、すぐにその顔を歪めた。

「あちちち」

　腰を振り返る。艾はすでに燃えて黒くなっていた。

「はい」と信介が頷いた。

「これで終わりですよ」

　艾をそっと取り除く。

「おう」と老人は起き上がって腕を伸ばした。

「なれば」登一郎はおこしの入った袋を差し出した。

「これは差し上げよう、孫への土産(みやげ)となろう」

「えっ」老人の目が丸くなる。

「いいんですかい」

「うむ……かまわぬであろう」

顔を巡らせる登一郎に、龍庵も笑顔で頷く。

「当世、菓子が減ってますからな、子供らは喜びましょう」

「そりゃ、ありがてぇ」老人は菓子袋を頭上に掲げる。

「なにしろ、菓子を買ってやりたくても銭がねえ、こりゃ、孫らは大喜びだ」

先に出されたおこしも袋に入れる。

登一郎と龍庵は、目を細めてそれを見た。

四

夕刻、湯屋の湯舟の中で登一郎は、ほう、と息を吐いた。

そこに、男が入って来て、小さな波が立った。

「おっ」と横から声が上がる。

「梅乃屋さんじゃないか」

入って来た男は、声のほうに寄って行く。

「こりゃ、上総屋さん、久しぶりですな」

「おう、こちとら暇だから、もっぱら朝に来ててね。梅乃屋さんはずっと忙しかったろう、四月は小間物屋のかき入れ時だ」

四月の小間物屋、と登一郎は頭の中で考える。ああ、そうか、参勤交代の時期ゆえ、小間物が土産として売れるのだな……。

参勤交代は季節のよい四月前後に行われることが多い。江戸から国許へ帰る藩士らは、土産としてさまざまな物を買っていく。

「いやぁ」梅乃屋は上総屋に並んだ。

「前は金銀細工の櫛や簪が売れたもんだが、ご禁制になっちまってからこっち、出るのは安い物ばかりで、さほどの儲けにゃなりませんよ」

「なあに、それだって、羨ましい限りだ。こっちなんざ、芝居茶屋がなくなっちまったから、仕出しが激減だ。花見と船遊びでなんとか保ってるが、それだっていつ禁止になるわかったもんじゃねえ」

ふむ、と登一郎は耳を向ける。料理の仕出し屋か……。

芝居小屋があったときには、周囲に芝居茶屋が建ち並んでいた。

茶屋は席の手配をし、料理も提供する。茶屋によっては、店で出す膳を仕出し屋に頼んでいる所もあった。

「こっちは暇だから、先月から大名行列ばっかり見に行ってたくらいだ」

三月から参勤交代の出発が始まり、到着の一行も徐々にやって来る。

江戸を出入りする際は、大名家の威信をかけて行列を調(ととの)えるため、見物に行く者も多い。

「今日は伊達(だて)家の出立(しゅったつ)を見て来たぜ」

上総屋が言う。

伊達家か、と登一郎は口中でつぶやいた。

仙台藩主の伊達家は去年、十三代目の伊達陸奥守(むつのかみ)慶寿(よしひさ)(のちの慶邦(よしくに))に変わったばかりだ。慶寿は十八歳という若さだ。

「ほう」梅乃屋が言う。

「伊達家ならさぞかし立派であったでしょうな」

「おう、あっこの殿様は初めてのお国入りだろう、それもあって、仰々しい行列だったぜ」

「そういえば、仙台の御家臣もいろいろ買いに来てくださいましたな、手鏡やら紅やら……」

「へえ、商売繁盛でけっこうなこった」

「いやいや……」

二人の横で、登一郎は立ち上がった。のぼせて顔が赤くなりつつあった。

陸で糠袋を手に取りながら、ふむ、と顔を上げた。

参勤交代か、武家の儀礼はすでに懐かしくすら感じるな……。

早朝の横丁を出て、登一郎は日本橋へと向かった。

小さな大名行列が橋へと向かって進んでいるところだった。大名といっても一万石そこそこといったところだろう、と登一郎はその行列の背中を見た。日本橋を渡るということは、西へ帰るのだな……。

その行列を、遠巻きに見ている人々がいる。町人もいるが、いかにも江戸に出て来たばかりらしい武士らが多い。あまり近づくと、

「下にぃ〜」

と、言われて低頭しなければならないため、見物の人は間合いを取って眺める。

登一郎も離れて、行列とそれを見る人々を交互に眺めた。武士らが首を伸ばして見ている。

江戸勤番になった藩士は、大名行列を見物するのが習いだ。さまざまな国から集まった大名の行列を一度に見ることができるのは、江戸以外にない。仲間とやって来ては、なにやら言い合いながら見るのが常だ。

行列は橋を渡っていく。

それを見送って、登一郎は踵を返した。

どれ、上野(うえの)にでも行ってみるか……。そう独りごちながら、歩く。

広い通りの辻で、登一郎はその足を止めた。

馬の蹄(ひづめ)の音が聞こえてくる。

なんだ、と道の端に退(の)き、やって来る一行を見た。音を立てているのは、先頭を行く二頭の馬だ。

あっと、登一郎は声を呑み込んだ。

先頭の馬に乗っているのは、跡部大膳だ。

後ろには徒(かち)の者らが付いている。

そうか、と登一郎は徒目付の浦部の話を思い出した。

道中奉行と日光御用を仰せつかったと言っていたな、来年の東照宮参詣のために、日光に視察に赴(おもむ)くところか……。

道の先にある千住宿(せんじゅしゅく)は奥州街道(おうしゅうかいどう)と日光街道の一番目の宿場だ。

漆(うるし)塗りの陣笠(じんがさ)を被った跡部大膳は、顎を上げて馬に揺られている。

登一郎は顔を伏せようとして、いや、とそれを戻した。

跡部は下など見ない男だ……。そう苦笑して馬上を見上げた。思ったとおりに、周囲には目もくれない。

が、その後ろを見て、登一郎は顔を伏せた。

続く馬に乗っているのは目付の佐々木一陽(ささきかずあき)だ。

鼻をふくらませ、周囲を睥睨(へいげい)している。

登一郎はちらりと目で追った。供として連れて行くのだな、跡部の信が厚いということか……。

馬上から声が上がった。

佐々木が荷車に向かって怒鳴る。

「邪魔だ、さっさと退け」

重い荷を乗せた車を、町人は慌てて引っ張り、近くの者らが手助けをした。

登一郎は通り過ぎるのを待って、そっと顔を上げた。

背後に付く徒の者らは、荷物を負いながらも早足でついて行く。二人で葛籠の箱を担ぐ者もいる。槍持ちも見える。

視察だというのに大仰なことだ……。

登一郎は眉間を狭めた。

立ち止まった町人は、一行を見送りながらひそひそと言葉を交わす。

「跡部大膳の一行だってよ」

「へえ、また馬から落ちなきゃいいけどな」

「よせ、聞こえたら首を刎ねられるぞ」

「跡部なら、ほんとに首を斬りかねないぞ」

言いながら笑う。

男が声をひそめる。

「おう、怖いものなしだからな」

「けど、偉いのは兄貴だろう、当人はたかが勘定奉行じゃねえか」

「だから、その兄貴が老中首座なんだから、なにをやったって、叱るやつなんざいねえってことよ」

「あの胸の張り方によく出てらぁ」

男達は話しながら、去って行く。

登一郎は眉間に皺を刻んだまま、行列に背を向けた。

五

朝の掃き掃除をしている登一郎の前で、戸が開いた。作次が出て来たのだ。

「おはようさんです」

作次は小さく頭を下げる。

以前は、これだけの挨拶で終わっていた。が、嘉助の件でつきあいができてから、そのあとにもうひと言、付くようになった。

「すいやせん、うちの前まで掃いてもらっちまって」

「なあに」登一郎は笑顔になる。

「ものはついでというものだ、掃くのは気持ちがよい」

と、その手を止めて、登一郎は作次と向き合った。

「そういえば、あれから嘉助さんは来たか」

「いんえ、あれきりでさ」

「そうか、では、あの鍵が使えたのだな」

ああ、と作次は顎を上げる。

「そりゃ、あれくらいの鍵、お茶の子でさ」

「ほう」と、登一郎は作次の弛んだ目元を見た。普段は笑った顔を見ないし、話していても面持ち(おもも)ちがあまり変わらない。だが、顎を上げた顔は得意げだ。

「作次さんの腕前は大したものなのだな。錠前屋で修業を積んだのか」

「へえ、小僧から入って十三年、いやしたね」

「ふむ、それで独り立ちをしたのか、十三年とは、早いようだが」

「ああ、おれは人一倍、気を入れてやりやしたからね。うちの親方は、あんまし仕事熱心じゃなかったもんで、てめえで頑張ったんでさ」

「ほほう、普通は逆であろう、厳しい親方に弟子が泣く、というような」

登一郎の言葉に、作次が頷く。

「へい、普通はね、けど、うちの親方は仕事するよりどんちゃん騒ぐほうが好きで、やれ花見だ、川遊びだ、月見だって、ことあるごとにみんなで出かけたがるお人だったんでさ」

「ふむ、それは皆、喜んだであろう」

「はあ、みんなは……けど、おれは騒ぐのは好きじゃねえし、そんな暇があるんなら、錠前を作っていたいほうなんで、うれしかありやせんでしたね」

「ふうむ、確かに、人と群れるのを好まぬ人もいるな」

登一郎は城にいた頃を思い出す。そういえば、役人にも人づきあいを得意としない者がいたな……。皆で弁当を食べるときにも、少し離れて、黙々と箸を動かしていた者の姿が甦った。人はいろいろ、か……。

作次は袖をまくり上げた。

「おれぁ、錠前や鍵を作ってりゃうれしいんでさ。ほかのことにゃ、気が向かねえし、人づきあいも面倒くせえ。だから、この横丁が肌に合うんで」

「なるほど」登一郎は頷く。

「いや、余計な話を、すまなかった」

真顔になった登一郎に、作次は背を向けてから、振り向いた。

「あ、旦那を迷惑がってるわけじゃありやせんよ。それと、おれも先生って呼んでいいですかい」

以前、町人に棒術(ぼうじゅつ)を教えたことから、横丁の者からは先生と呼ばれるようになっていた。

「うむ、名には値しないが、好きに呼んでくれ」

横丁に馴染むのはうれしい。

「へい、そいじゃ、先生、また」

作次は家に戻って行く。

うむ、と登一郎は大きく箒(ほうき)を動かした。砂が舞い上がり、登一郎は咳き込んで苦笑した。

夕刻。

二階にいた登一郎は、おや、と耳を澄ませた。外から男の声が聞こえてくる。

その声が、

「ごめんくだされ」

と、大きくなった。

この声は、と登一郎は窓を開けて身を乗り出す。

「お、これは、今、参る」

下に立つ二人に向けて声を放つと、慌てて下へと降りて行く。

佐平が開けた戸から、すでに二人は中に入っていた。

遠山金四郎と清兵衛が並んで、ともに手にした酒徳利を上げた。

「どうだ」

おう、と登一郎は手で招く。

「さ、どうぞ、いや、遠山殿、お久しぶりです」

遠山金四郎は先月の下旬に来て以来だ。

「おう、なかなか暇がとれなくてな、しかし、来月はまた月番になるゆえ、隙を縫って出て来た。明日で四月も終わりだからな」

座敷に上がりながら、言う。

町奉行所は北と南で、ひと月ごとに当番が変わる。三月は北町奉行所が月番であったため、奉行の金四郎は多忙だった。四月は南町が月番だ。

「ああ、そうか」清兵衛も座敷に腰を下ろした。

「南町が月番だったから、海老蔵がお縄にされたのだな」

うむ、と金四郎は佐平に徳利を渡しながら頷く。

「まさか、あそこまでするとは思うていなかった。千両役者を捕まえるなど……」

ううむ、と向き合った登一郎は腕を組む。

「海老蔵はこれまでも大番屋からお呼び出しを受けていたと聞いたが、そのたび、放免されていたのでしたな」

おう、と金四郎は足を崩した。

「贅沢を咎められていたらしい。だが、それもこれも芝居のためと申し開きをして、罰せられることはなかったのだ」

「ふうむ、それがなにゆえに、こたびは手鎖を受けることになったのだ」

清兵衛の問いに、金四郎は顔を歪めた。

「鳥居殿の執念だ」

「執念」

顔を歪める登一郎に、金四郎が頷く。

「これは聞いた話なのだが、鳥居殿はある屋敷で、市川白猿の遺言書を見せてもらったそうなのだ」

「市川白猿……」

首をかしげる登一郎に、清兵衛が顔を向ける。

「五代目團十郎のことだ。このお人は市川宗家の御曹司でありながら変わり者でな、晩年は質素を旨として、六畳一間の貸し家に暮らしたそうだ。白猿という名も、祖父の二代目が俳号に使っていた栢莚という名に由来するのだが、もらったのは音だけで字を替えた。自分は名人には及ばない、猿は人より劣るから己にふさわしい、ということで白猿にしたらしいのだ」

「ほほう、そのような役者がいたのか」

「おう」金四郎も頷く。

「役者のあいだでは有名な話だから、わたしもその話は聞いた。おまけにその五代目、團十郎のあとに名乗る海老蔵も継いだのだが、海老は海老でも雑魚の海老だというので、蝦蔵と名乗ったのだ」

「ほう、ずいぶんと謙虚な役者だったのだな」

「うむ、それを最後まで通したのだ。ゆえに、そうした心構えを書き残したらしい。役者は傲ってはならぬ、謙虚たるべし、贅沢もならぬ、というようなことをな、いや、わたしが見たわけではないのだが、どういう経緯か知らぬが、それを手に入れた人がいるのだ。その屋敷に鳥居殿がたまたま訪れ、遺言のことを聞いて、見せてもらったらしい。で、急いで書き写したという話だ」

「なるほど」清兵衛が唸る。

「贅沢を戒(いまし)めるその遺言書を掲げて、海老蔵の言い分を封じたのだな」

「うむ、そういうことらしいぞ」

金四郎は顔を歪めて頷く。

佐平が膳を運んで来た。

燗のついた酒の甘やかな匂いが立ち上った。小鉢には小松菜の煮浸しが盛られている。皿には目刺(めざ)しも並んでいた。

「今、切り干し大根も煮てますんで」

佐平の言葉に、金四郎は、

「いつもすまぬな」

と、目で礼をする。

いえいえ、と佐平は笑顔で台所に戻っていく。

三人は手酌で酒を注ぎ、ぐい呑みを口に運んだ。

はあっ、という息がそれぞれから漏れる。

「うむ、旨い」

三人の声が揃い、笑いが広がった。

「しかし」登一郎がつぶやく。

「なにゆえに芝居や役者をそこまで目の敵にするのか……」

「うむ、水野様といい鳥居殿といい、町人を敵と見なしているとしか思えぬ」

金四郎が眉を寄せる。

「ふん」清兵衛も顔を歪めた。

「武士は、町人や百姓は己らのためにいるのだ、と考えているからな。その者らが楽しんだり喜んだりすることそのものが、無駄な贅沢と映るのだろう」

ううむ、と登一郎は酒を含む。

「それを言われると……わたしも、ここに来て初めて町人らと腹を割って話をした身、正直、人というものを知らずにいた、と痛感している」

おう、と金四郎は苦笑する。

「武家の長男はそんなものだろう。わたしとて、部屋住みで町暮らしをしたから、町人の胸の内がわかるのだ。武家屋敷に籠もっていたら、町人は武士に仕えるが当然、と思い込む頭になっていたろうよ」

「ふむふむ」清兵衛が面持ちを弛める。

「金さんの境遇は賜り物であったのだな」

「おう」金四郎が笑う。

「不遇も時が経てば宝に変わるものだ」

ふむ、と登一郎も頷く。

「わたしも隠居を決めてよかったと、今はしみじみと思うている」

くいと酒を流し込む。

「はい」佐平が盆を持ってやって来た。

「切り干し大根が煮上がりましたよ、小蝦を入れてありますよ」

甘辛い匂いが広がる。

「おう」

三人の声が上がった。

第三章　大名を見下す男

一

丸に千と白抜きされた暖簾の前を、登一郎はゆっくりと歩く。

中を覗くと、千歳屋の店内を行き来する奉公人が見えた。その奥の帳場には中年の男が座っており、隣には嘉助の姿があった。

ふむ、いるな、と独りごちながら、登一郎は裏に回る。

以前、入った小さな門に手をかけると、戸が開いた。

「ごめん」

声をかけながら庭に入ると、縁側に小僧の留吉が飛び出して来た。

「あ、真木様」

大声を出した口を押さえて、奥に顔を向けた。おかみがいるのだろう。おかみには正体を明かしていないことを、留吉は嘉助から聞かされているに違いない。

「流水様、どうぞ」

先日、登一郎が思いつきで言った俳号を口にし、留吉は奥へと招き入れた。登一郎は、縁石から座敷へと上がった。

「今、嘉助さんを呼んできます」

駆けて行く留吉に頷いて、登一郎は主が寝かされている布団の横に座った。目は開いている、が、その眼はうつろだ。

すぐに足音がやって来て、

「これは、真木様」嘉助が膝をついた。

「お越しいただくとは……」

「いや」登一郎は懐から小さな包みを取り出した。

「横丁の医者の龍庵殿に、主が目を覚まされたと伝えたのだ。したら、昨日、やって来てな、これを言付かった。以前、話の礼というて晒を頂戴したが、礼にはあまりあるゆえこれを渡してほしい、とな。丸薬だそうだ、起き上がれるようになったら服ませるように、とのことだ」

差し出した紙の包みを、嘉助は両手で受け取る。

「これは、ありがたいことで」包みを胸に当てて、嘉助は父を見る。

「おとっつぁん、よい薬を頂戴しましたよ」

耳に口を寄せると、父は瞬きをした。

登一郎はその顔を覗き込んだ。

「主の名はなんといわれる」

「あ、失礼しました、言ってませんでしたか、千歳右衛門です。代々、継いでいまして」

「ほう、では、いずれ……」

登一郎は嘉助の顔を見て言いかけるが、その口を噤んだ。

廊下を足音が近づいて来る。おとよか、若旦那か……。

「失礼します」

廊下に膝をついたのは、帳場にいた中年の男だった。

ああ、と嘉助が手で招き入れながら、登一郎を見た。

「番頭の庄右衛門さんです」

「真木様には」小声で言いながら、庄右衛門が手をつく。

「お世話になったと聞き及びまして、ご挨拶をさせていただきたく……」

低頭する庄右衛門を、登一郎は手で制す。

「ああ、いや、世話というほどのことはしておらぬ」

嘉助はずっと横滑りをして近づくと、登一郎にささやいた。

「番頭さんは、あたしの味方なんです。おかみさんや大番頭さんの目論見(もくろみ)を探って、教えてくれたんです」

番頭は目で頷く。

「こっそり話しているのを聞いたもので」

そこに小さな足音がやって来た。茶を持って入って来たのは留吉だった。

「おかみさんがお出かけになりました」

「そうか」番頭が振り向く。

「若旦那と大番頭さんは」

「大番頭さんはお店に出てます。若旦那は蔵に入って行きました」

はあ、と庄右衛門は溜息を漏らす。

「また反物を持ち出すつもりだな」

ほう、と嘉助も息を吐いて苦笑した。

「けれど、これでゆっくり話ができます」声を抑えることなく、登一郎に向いた。

「庄右衛門さんは奉公人から慕われているんです。だから、奉公人もなにか耳にしたら、すぐに庄右衛門さんに知らせるんですよ」

　庄右衛門も小声をやめる。

「いえ、大番頭さんがちと厳しすぎるもんですから、みんな、あたしのほうに来るという次第で」

「ほう」登一郎は、庄右衛門の穏やかな眼差しを見た。

「して、奉公人らも、おかみと大番頭が店屋敷を売ろうとしていることは知っているのか」

「いえ、そこまでは」庄右衛門が首を振る。

「ですが、うすうす感づいている者はいて、大番頭さんが出かけて行く先を探った者もいます。それがさる大店だったもので、怪しい、と」

「ふうむ、その大店が買おうとしているのか」

「はい」嘉助が頷く。

「あたしもおかみさんが大番頭さんに言っているのを耳にしたんです。七百両で話をつけろ、それより安くはするな、と」

「ほほう、おかみはなかなかのものだな。大番頭もそれなりの分け前をとるのだろうな」

「ええ」庄右衛門が身を乗り出す。

「大番頭さんは自分で店を始めるつもりらしく、貸家を探しているようです」

「しかし、店と屋敷を人手に渡すとなると、嘉助さんのことはどうするつもりなのだろう」

　眉を寄せる登一郎に、嘉助は口を歪めた。

「あたしには、小商いができるくらいの金をくれて終わらせるつもりでしょう」

「ふうむ、若旦那はそのこと、知っているのか」

「いや」

　嘉助と庄右衛門は顔を見合わせる。

「そこははっきりしないんです」嘉助が首をひねる。

「けど、知らされていないように思います。どのみち、おかみさんが連れて行くでしようから、暮らしに困ることはない」

「ええ」庄右衛門が頷く。

「若旦那は商売にはさして気を入れてませんから。むしろ、大金が入るとなれば、それで気も収まるでしょう」

「なるほど」登一郎は横たわる千歳右衛門を見た。

「しかし、主がこうして目を開けたのだから、それを止めることができよう」

「いえ」庄右衛門が顔を歪める。

「目が開いたときにはおかみさんも大番頭さんも慌ててましたが、口がきけないと知って安堵したようすでした。むしろ、今のうちに話を進めてしまおうと、焦っているように見受けます」

「なんと、そのような非道なことを」

「はい」嘉助は拳を握る。

「ですから、なんとしてもおとっつぁんには元気になってもらわないと」

布団の横に丸めてあったかい巻きを引き寄せる。

「留吉、背中を頼む」

へい、と留吉は主の背に手を入れて、力を込める。

少し持ち上がった肩の下に、嘉助は丸めたかい巻きを差し入れた。上体が少し、斜めに上がった。

「こうして、少しずつ、起き上がれるようにしてるんです。医者に言われて手足も揉んでますし」

ほう、と登一郎は千歳右衛門の顔を見た。

頬がかすかに動き、眼も揺れる。その目から、涙がひと筋、つっと流れた。

「焦らずに養生なされよ、直(じき)に回復もされよう」

登一郎は主に言う。

嘉助と番頭も、揃って頷いた。

二

佐平が昼下がりの戸口で振り向いた。

「そうだ、粽(ちまき)を買ってきましょうか。今日は五月五日ですよ」

「ふむ、そうか、粽は久しぶりだな」

「へい、そいじゃ」

佐平は腕を振って出て行く。と、入れ替わりに、男が飛び込んで来た。暦を腕に乗せた新吉だ。

「先生、いいですかい」

返事を待たずに上がり込んでくる。

「おう、どうした」

膝を回す登一郎の前に滑り込んで、新吉は息を整える。走って来たらしい。

「面白い話を聞いたんです、目付の佐々木一陽ってご存じですかい」

「うむ、知っている。ついこのあいだ、跡部大膳の一行に加わって、日光へ発つのを見たぞ」

「あ、それでさ」新吉は胡座をかいた。「今さっき、聞いたんですけど、跡部大膳の一行が古河宿でとんでもないことをしたってぇ噂で」

「とんでもないだと……なんだ」

身を乗り出す登一郎に新吉も同じになる。

「跡部の一行が古河宿に入る前に、伊達家の先触れが入っていたそうなんです。なんでも、伊達家はひと足早く江戸を発っていたそうで」

「ふむ、前日の、あれは二十六日であったな、見てはいないが、江戸を発ったとわたしも聞いた」

「やっぱりそうでしたか、それで古河宿を押さえてたんですね」

大名行列は発つ日や到着予定日などを公儀に届け出るのが決まりだ。宿場に着く日も予定されているため、先触れが事前に本陣に入って宿札を出すのが習いだ。

「ふむ、古河であれば三日後あたりか」

下総の古河宿は、奥州街道ならびに日光街道の江戸から九番目の宿場となる。

「しかし」登一郎はつぶやく。

「大名行列は進みが遅いゆえ、跡部大膳の一行は途中で追い抜いたかもしれぬな……」その目をはっと見開いた。

「となると、ひと足先に古河宿に着く、まさか……」

「ええ」新吉が頷く。

「伊達家の宿札が出ている本陣に跡部の一行が先に乗り込んだそうです。で、ここは我らが使うと……」

「なんと」登一郎の身体がのけぞった。

「よもや、そのような非道を……」

ううむ、と身体を戻す。

「いくら跡部でも、と思うが、いや、あの者ならやりかねない」

「やはり、そうですか」新吉は拳を握る。

「傲岸不遜はもっぱらの評判ですが、いえ、あたしもそこまでするか、と聞いて驚きました」

「うむ、さすがのわたしも驚いた。しかし、そういう傍若無人をしかねない男ではある」

「傍若無人、まさにそれですね」新吉は膝を打つ。

「その言葉、いただきます」

「ふむ、読売にするのだな」

「ええ、すでに噂は広まり始めてますが、もっと調べてから出すつもりです」

ぽんと、また膝を打った。

「で、先生に聞きたかったんです、佐々木一陽について。なんでも、本陣に入って真っ先に怒鳴り散らしたのは、佐々木らしいんです。将軍家御用である、直ちに立ち退け、と。そういうお人ですか」

「ううむ」登一郎は腕を組んだ。

「目付は清廉潔白でなければならぬのだが……」

旗本や御家人の監察が役目である目付は、役人の不正や贈賄などを取り締まる立場だ。目付になれば、目こぼしを防ぐために他家とのつきあいを禁じられ、己を律することも求められる。実際、そうした謹厳な目付もいる。

登一郎は己が目付であった頃を思い出していた。自身に恥ずべきことはなかった。しかし、相役のなかには……。

「いやぁ」新吉は笑う。

「あたしらにだってわかりますよ、目付は出世の街道で、次はうまくすりゃお奉行様でしょう。どの奉行に就くかで、そのあとの一生が決まる。そうなりゃ、上役の覚えめでたくなるために、清廉潔白なんて言ってられないってこってしょう」

うむ、と登一郎は目顔で頷き、顔を伏せた。

「出世を望む者は、力のある上役に追従するし、上役にとってはそういう者は意のままになるので使いやすい。わかりやすい仕組みだ」

「なるほど、佐々木一陽は出世を望んでいるわけですね、それを跡部大膳も見抜いて使っている、と」

「権勢を求める者は似た者同士、相寄るものだ」

登一郎の言葉に、ふんふん、と新吉は頷く。

「わかりました、この話、文七さんに伝えます。筆にも力が入ることでしょう」

「して」登一郎は顔を上げる。

「伊達家はどうなったのだ」

「はあ、そこいらへんの細かいとこはよくわからないんです。なんでも、宿に入れなかったお供らは野宿をしたらしい、という話で」

「野宿だと」

「そういう噂です。詳しいことはもっと話を集めてみないと。これから、久松に聞き回ってもらうつもりです。あ、先生もなにかお聞きになりましたら、ぜひ、あたしに」

「うむ、わたしももっと詳しく知りたいものだ」

顔を歪める登一郎に頷いて、新吉は「では」と立ち上がり、急いで出て行った。

登一郎はじっと考え込む。

右隣の拝み屋の家からシャンシャンという鈴の音が聞こえてくる。

左隣の作次の家からは、鑿（のみ）を打つ音が響いてくる。

お、と登一郎は手を打った。鑿の音で、大工仕事を思い出したのだ。

あの御仁（ごじん）がいるではないか……。

三

翌日。

登一郎は仙台藩の上屋敷に足を向けた。

芝口にあるこの屋敷は、かつて赤穂浪士を接待したことで知られている。

討ち入りを果たした元禄十五年（一七〇二）十二月十五日は、雪が積もった日だった。吉良上野介の首級を掲げ、主君浅野内匠頭が眠る泉岳寺に向かう赤穂浪士を呼び止め、熱い粥を振る舞ったのがこの上屋敷の人々だった。伊達家では戦国の頃に乾飯などを作る技を高め、それが受け継がれて、江戸の屋敷にも常備されていた。赤穂浪士の仇討ち成功を聞いた伊達家の人々は、通り道であることから、熱い粥を用意して接待をしたのだ。

表門で、登一郎は門番の前に立った。久しぶりの羽織袴に二本差しという姿だ。

「それがし、真木登一郎と申す。こちらの普請奉行であられる原口進十郎殿に目通りを願いたい」

「は、少々お待ちを」

堂々とした登一郎に頭を下げ、門番は中へ入って行った。

登一郎は原口の顔を思い浮かべる。

登一郎が公儀の作事奉行であった頃、原口には何度か会ったことがあった。六十二万石を有する仙台藩には普請の手伝いを頼むことが多かったためだ。

戻って来た門番は頭を下げた。

「あいにく、下屋敷に参っているとのことです」

「下屋敷、確か品川（しながわ）であったな」

「はい、大井村（おおいむら）のほうの下屋敷だそうです」

下屋敷はいくつかある。

「あいわかった、そちらを訪ねることにいたす、かたじけない」

いえ、と礼をする門番に背を向け、登一郎は歩き出す。

東海道（とうかいどう）を進んで高輪（たかなわ）の大木戸から江戸を出ると、海沿いに道が続く。波の音が響き、潮の香りが漂う。海原の向こうには、房州（ぼうしゅう）の山々が見える。空には海鳥が行き交っていた。

それを眺めながら歩いて行くと、やがて大井の村に着いた。

漁師の小屋が並ぶなかに、立派な屋敷が建っている。

表の門前には人が集まっている。

漂ってくる匂いに鼻をひくつかせて、登一郎は近づいて行く。おう、味噌を売っているのだな……。

仙台では、戦国の頃から味噌も長年作られていた。乾飯と同じく、兵糧として重要な物だ。

徳川の世となり、江戸に屋敷を構え、家臣らが暮らすようになってからは、仙台から味噌を運んで来ていた。江戸の味噌は口に合わない、と家臣らが言ったためだ。が、やがてわざわざ運ぶのは難儀とばかりに、江戸で作るようになっていた。海辺の大井村は舟で米や大豆、麴などを運ぶのに便利だった。味噌蔵も建て、多くの味噌が作られたため、それを周辺の人々にも売ることにもなった。すると、味のよさがまたたく間に評判となり、江戸の町からも人々が買いに来るようになっていた。

登一郎が門番に来意を告げると、門番は中へと走って行き、すぐに内へと通された。

屋敷の内は、味噌の匂いがますます強くなる。

味噌蔵の横を歩いていると、原口が走って来た。

「これは、真木様」前で止まると、息を整えた。

「驚きました、お久しぶりで……いや、まさか、このような所にお見えになられるとは……あ、奥へ」

　屋敷を示す原口に登一郎は首を振った。

「いや、庭でけっこう、少し話したいだけなのだ」

「ほう、真木様がわたしにお話とは……」

「ああ、それと、わたしは今やただの隠居、様など無用ですぞ」

「そう、ですか、では、真木殿で……」

　原口は庭の隅へと歩きながら、味噌蔵を振り返った。

「こちらへは味噌蔵の修理に来ているのです。遠いところをわざわざお越しとは、いかなるお話……」そう言いつつ、木立の下で立ち止まる。

「うむ」登一郎も止まって横に並んだ。

「実は古河宿の噂を耳にしたのだ」

「ああ、やはり……真木殿のお顔を見てすぐに思い出しました、お城で跡部能登守と対立され、そのために隠居を決められたのですよね」

「うむ」登一郎は苦笑する。やはり知れ渡っていたか……。

「まあ、そのようなものだ。能登守はもともと驕慢な御仁でな、しかし、このことは聞いて驚いた。まさか、それほどの振る舞いをするとは……原口殿は仔細をお聞き及びか」

「ええ、こちらには仙台からの舟が頻繁に来ていますから、聞きました。わたしも聞きたかったのです。佐々木一陽という目付はどのような御仁なのですか」

「ふうむ、出世の望みを強く持つ者、というのがわかりやすいかと思うが」

「ああ、それで……能登守に用いられて張り切っている、ということですね。なんでも、その佐々木殿が本陣に乗り込んで直ちに立ち退け、と怒鳴ったそうですよ。すでに伊達家の宿札を出していたというのに」

顔をしかめる原口に、登一郎も同じ面持ちになる。

「ふうむ、道理から外れること甚だしい」

「はい、ですから、こちらはそう抗弁したそうです。先触れはすでに入っていたのですから。なれど、その佐々木殿は将軍家の御用である、と居丈高に繰り返し、そのうち能登守も出て来て日光御用であるぞ、明け渡せ、と命じたそうです」

「ううむ、御用を盾にごり押しをしたか」

「まさしく」原口は胸を張った。

「我が殿は伊達六十二万石の領主、御用といえど能登守ごときに明け渡す道理などないというに」

うむ、と登一郎は頷く。

「理に合わぬことだ。だが、明け渡したのだな」

「ええ、あまりの強引さにしかたなく、ということらしいです。先触れの者らはさしたる身分の者でもありませんし、強い抗弁はできなかったのでしょう」

「ふうむ、野宿をしたお人らもいた、という噂を聞いたが」

「はい、そう聞きました。お殿様と重臣のお方らはしかたなしに脇本陣にお泊まりになったようです。そうなると、そこに泊まるはずだったお方らが別の旅籠に泊まり、そこに入るはずだった者らがまた別の旅籠に入り、と……旅籠も一軒、能登守の一行に奪われたようです」

「なるほど、そうなれば、旅籠に入れないお人らも出てくるというわけだな」

「ええ、それでお供の一部が野営をしたそうです。能登守の一行は先に宿場に着いたのですから、すでに本陣が押さえられていると知れば、次の宿場に行くのが筋というもの。そう、皆、憤っています」

苦々しく口を歪める原口に、登一郎は、ううむ、と唸って目を伏せた。

「なんということを……お城勤めをしていた身として、恥じ入るばかりだ」

原口はふむ、と鼻を鳴らして語気を強めた。

「御公儀のお役人に関してはいろいろの噂も聞こえてきますが、ここまでの傍若無人は聞いたことがありません」

が、すぐにその声音を変えた。

「まあ、このようなこと、真木殿に言うは筋違いとわかってはおります。真木殿は能登守の理不尽に抗されたお方ですし」

「いや」登一郎は苦笑する。

「そのような立派なものではない、傲慢な振る舞いにかっとなっただけだ」

城の廊下で、同輩が〈無礼者が〉と理不尽に叱りつけられた折、〈無礼はそちらであろう〉と言い返したことが甦る。

「しかし」登一郎は空を仰いだ。

「そのような事態であったのなら、伊達様はさぞかしご立腹されておられよう」

ええ、と原口は頷く。

「お国入りをなされてからもお腹立ちは治まらず、いえ、むしろ日に日にお怒りは増しておられると聞きました。このままでは収まりますまい」

そうであろうな、と登一郎は胸中でつぶやく。跡部大膳がここまで愚かであったとは……。

「いや、ようわかった」登一郎は原口に向き合った。

「お聞かせいただき、礼を申す。邪魔をいたし、申し訳ないことであった」

「いえ」原口がかしこまる。

「真木殿ゆえ話したのです。理に合わぬと言っていただき、少し、腹の虫も治まりました」

すまぬ、と言いそうになって、登一郎はそれを呑み込んだ。もはや隠居の身、わたしが詫びるのは筋ではない……。

「では」と登一郎は門へと歩き出した。

外に出た登一郎は、そうだ、と足を止めた。せっかくだ、味噌を買っていこう……。

門前に並ぶ人らの後ろについた。

四

朝餉の味噌汁を登一郎は口に含んだ。

「お、やはり仙台味噌は旨いな」

顔を上げると、佐平が頷いた。

「はい、作ってるうちからいい匂いで、これまでのとは違いますね」

にこりと笑う。と、身をひねって、一枚の紙を取り上げた。

「仙台といえば、これ、昨日、町で買った読売なんですけど、古河宿で伊達家がえらいめに遭ったそうですよ」

ひらりと掲げた読売に、登一郎は手を伸ばす。まさか、もう新吉さんが……。

目を這わすと、違うか、とつぶやいた。字も絵も新吉らの作る物とは別だ。文も短い。く、宿場でさる大名が本陣から追い出された、という内容で、跡部大膳の一行が追い出したことは触れていない。伊達家のことだとわかるのは、家紋の一つである〈丸に竪三引き両〉が、記されているからだ。丸の内側に三本の縦棒が描かれたものだ。

読売を置いた登一郎は、煮豆を口に入れて顔を上げた。

「おや、いつもの五目豆ではないな」

えんどう豆だけの煮物だ。

「ええ、文七さん、今日は手間をかけられなかったって言ってましたよ」

読売の書き手である文七は、普段は煮売り屋をしている。大豆にいろいろな具を混ぜた五目豆が得意で、いつも買って膳に載せている。

ふむ、と登一郎は豆を飲み込んだ。文七さんも動いているのだな……。

そう思いながら、目刺しを半分に嚙みちぎった。腸の苦みが口中に広がる。よし、あとで行こう……。

味噌汁を飲み干すと、その椀を佐平に差し出した。

「お替わりを頼む、あ、いや」と椀を引く。

「そなたの分はあるのか」

「はいはい、ありますとも、旨そうな味噌だったもんで、今日はいっぱい作りましたからね」

「そうか、ならばもらおう」

はいな、と佐平は椀を持って台所へと立った。

昼過ぎに、登一郎は新吉の家の前に立った。

文七も久松も出商いを終えて来ているはずだ。

「ごめん」

登一郎の声に、すぐに戸が開き、おみねが中へと招き入れた。

「二階です」

と言うささやきに、階段を上っていく。

「お、先生」

向き合った三人が顔を上げた。

登一郎は空けられた場所に座ると、懐から佐平から受け取った読売を取り出した。

「このような物がすでに売られているらしい」

「ああ、はい」新吉も同じ物を広げた。

「早いが勝負とばかりに出したんでしょう。けど、大雑把(おおざっぱ)な噂しか書いてませんや。こっちはもっと掘り下げた内容で出しますんで、負けませんぜ。いろいろと話を聞き集めましたからね」

「おう」久松が頷く。

「あっしら、馬喰町(ばくろちょう)に行って、古河を通ってきた客らから、直に話を聞きやした」

「馬喰町、うむ、そうか」

登一郎は頷く。

馬喰町には宿屋が集まっている。近くにある郡代屋敷に公事(くじ)（訴訟）をするためにやって来た人々が泊まるのに、公事宿ができたのが始まりだった。町人が泊まる公事宿とは別に百姓宿もでき、その数は増えていった。今では公事をする人でなくとも泊まれるため、馬喰町はいつでも旅人で賑わっている。

「三人で聞いて回ったんです」新吉が口を開く。

「古河宿を通ってきた人は何人もいて、見聞きしたことをみんなに話してましたよ。なもんで、すぐに話を集められました」

「そう」文七が頷く。

「本陣で怒鳴り声を聞いたってぇ人もいました。佐々木一陽が高飛車(たかびしゃ)に出て行けと命じていたという話で」

「おう」久松が膝を打つ。

「跡部大膳も大威張りだったそうでさ。追い出された伊達家の家臣らは、みんな怒りで真っ赤な顔をしてたって、やっぱり見た人の話は真に迫ってらあ」

「ふうむ、そうか」登一郎は三人を見る。

「実は、わたしも伊達家の家臣に話を聞いてきたのだ」

「伊達家の、さすが御武家様」

身を乗り出す久松の袖を、新吉が苦笑して引っ張る。

「で、御家中はいかがでしたか」

「うむ、すぐに仙台から話が伝わったようで、憤っていた」

「それはそうでしょうや」文七が頷く。

「伊達家といえば名門中の名門。それが一介の役人にこけにされたときたら」

ふむ、と登一郎は口元を歪める。

「しかし、跡部大膳は己を一介の役人などとは思っておらん。兄の権勢を笠に着ているだけにもかかわらず、己の力と勘違いをしているのだ」

「そこでさ」久松は袖をまくる。

「なんで、そんな勘違いができるんだか、わけがわかんねえ。誰かとっちめるやつはいねえんですかね」

ふふ、と新吉は笑った。

「ここにおられる先生が、それをなすったというわけだ」

「いや」登一郎は顔を歪める。

「返り討ちにあって隠居をしたのだ、不甲斐ない」

「けど」久松が腰を浮かせる。

「やり合ったのは、ご立派ですぜ」

新吉は頷いて、息を吐く。

「けど、先生に続く人はお城にいなかったってこってすよね。だから、あたしらがやるんだ」

「おう、そうだ」

文七が拳を上げる。

登一郎は三人を順に見る。

「伊達家の家臣が野営をしたと聞いたが、宿場でそのようすを見たという人はいたか」

「ええ」久松が頷く。

「お供の下のほうの人らが空き地で野宿をしていたのを見た、という旅人がいましたよ」

ふむ、と登一郎は腕を組む。武士にしてみれば野営、町人から見れば野宿、ということだな……。

「旅人が言ってやしたよ」久松が眉を歪める。

「古河から江戸を通って西へ向かった人らもいたって。今頃、上方にも広まってるかもしれませんや」

ううむ、と登一郎は眉間を狭めた。

「ありうるな」

馬鹿め、と喉元まで出かかって、それを飲み込む。そのような噂が広がれば、徳川様に泥を塗ることになると、跡部は気がつかなんだか……。

「けど」新吉が登一郎に首を伸ばす。

「伊達家の殿様は、確か、徳川家のお姫様をお嫁にもらってるんですよね」

「さよう」登一郎は頷く。

「慶寿殿は京の鷹司家の姫を正室に迎えたのだが、ほどなくして亡くなられてな、その後、斉昭公の姫を継室に迎えたのだ」

「そんな徳川家の姫を妻にしているほどの殿様を、跡部大膳はよくも追い出せたもんですね」

「うむ、わたしも聞くだに呆れている。まったく、頭の中を見てみたいものだ」

登一郎は腕をほどいた。

「書くのだな」

「そら、もちろん」新吉が頷く。

「もうおみねが絵を描き始めてます。あとはこの文七さんが筆を振るってくれりゃ、あたしがすぐに彫りに入りまさ」

「おう、それが上がりゃ、ただちに刷りだ」

久松が腕を上げる。

「では」登一郎が顎を上げた。

「また、見張り役をまかせてくれ。わたしも腹が熱くなっているのでな」

「お頼みします」

新吉がにやりと笑う。

三人は顔を見合わせて頷き合う。その顔は、気合いが入って赤味を帯びていた。

登一郎の顔も、熱くなっていた。

五

昼前、湯屋から戻ってきた登一郎は、横丁の手前で足音に振り向いた。

「父上」

三男の長明が走ってくる。

「おう、来たのか」

「はい、母上からこれを言付かって」

風呂敷の包みを胸に抱いている。

二人は並んで家へと入った。

「なんだ、それは」

父の問いに、長明は包みを解く。中から現れたのは瓶（かめ）だった。

「糠床（ぬかどこ）です。父上は糠漬けがお好きだからと、母上が。中に茄子（なす）が漬かってますよ」

「おう、それはありがたい」

登一郎は瓶を引き寄せる。蓋を開けて匂いを嗅ぐ父を、息子はそっと窺う。

「父上、このあいだのお話ですが」

「ん、なんの話だ」

「母上に慕うお人がいた、という」

む、と登一郎は息子を睨む。

「そなた、まさか母に問うたのか」

「とんでもない」息子は首を振る。

「なにも言ってません」

ふむ、と父は面持ちを和らげた。

「余計なことを言うでないぞ」

「はい、承知しております。ですが、どうも気になりまして……父上はその、母上とは夫婦になられ、子も五人もなされたわけで……」

長明には、すでに他家に嫁いだ姉がいる。その下にも妹がいたが、流行病で夭逝していた。

ふむ、と口を曲げる父に、長明は首を縮めた。

「それでも、母上に慕うお人がいたというのは、許せないものなのですか」

うほん、と登一郎は咳を払う。

「許せないということではない。わたしはそこまで狭量ではないぞ。ただ……」

「はい」

「まあ、そなたもいずれわかるであろうが……そうだな、憎からず思う相手がいるとしよう」

「はい、好いた女ということですね」

うほん、と登一郎は顔をそらす。

「そういう相手ができると、だな、気持ちをこちらに向けてほしい、と思うものなのだ」

「ああ、それはわかります、己だけを見てほしい、と」

「ふむ、そなたにもいるか」

目を丸くして見つめる父に、息子は首を縮めた。

「いやぁ、以前、友の妹に少し、恋心のようなものを抱きまして……ほどなく縁談が決まったと聞いて、それもはかなく散りましたが」

「ふうむ、そうであったか。相手がこちらを思うてくれない、となるとつらいであろう」

「あ、はい、気を引こうとしましたが、うまくいかず……なるほど」

長明は手を打った。その顔で天井を見上げる。

「思いを得られないとわかると、苛立ちました」

「うむ、人によっては、憎からず思っていた相手を、逆に憎むようにもなるものだ」

父の言葉に、息子は膝を叩く。

「ああ、それはわかります。以前、道場の仲間が水茶屋の娘に袖にされたら、掌を返して悪しざまに言うようになりました。それですね」長明はうんうん、と頷いた。

「いや、胸のつかえがおりました。わたしは昔から、父上は母上のなにかがお気に召さないのかもしれない、と思っていたのです。が、お気に召さないどころか……」

言いかけて口を噤んだ。

うほん、と咳を払って、登一郎は立ち上がった。

「腹が減ったな、中食に出よう」

「あ、はい」

長明も続いて腰を上げる。

「おや、おでかけですか」

奥から首を伸ばした佐平に、

「うむ、昼は外で食べてくる」

と、振り向きながら、草履を履いた。


中食をすませ、長明と別れた登一郎は、横丁への道をゆっくりと歩いていた。辻を曲がるときに、小さく顔を振り向けた。後ろを来る男の姿に目を留める。その肩に担いだ棒の両端には、破れた傘の束がくくりつけられている。古傘買いだ。曲がって道を進むと、登一郎はまた振り返った。古傘買いの男も曲がって同じ道を来ている。頭から手拭いを頬被りしているために、顔ははっきり見えない。

あの者、ずっと同じ道を来ているな……。そう思いつつ、登一郎は足の運びを緩めた。

古傘買いは横を通って行く。と、ぼそりとつぶやいた。

「古傘、ありませんか、買い取りに行きやすよ」

その顔をくるりとこちらに向けた。

あ、と登一郎は足を止めた。

「そなたであったか」

徒目付の浦部喜三郎だった。

にやっと笑って浦部は、一歩先を歩く。

「お見かけしたので、付いて来ました。お宅に伺ってもよろしいですか」

小声に登一郎は目顔で頷く。足を速めた登一郎に浦部が続き、二人は横丁に入った。

「どうも、こんな形で失礼します、探索中だったもので」

手拭いを外しながら、浦部は向かいに座った。

「いや、付けられていることには気づいたが、そなただとはわからなかった、さすが徒目付だ」

登一郎は浦部の乱れた鬢やほつれた着物を見る。その鬢を振りながら、浦部は首を振った。

「いえ、付けていることを気取られるのは失態です。真木様こそ、気配に気づかれるとはさすがです」

登一郎は苦笑する。

「町暮らしで、ずいぶんと気は緩んでいるのだ。して……」

真顔になって浦部を見ると、「はい」と膝行して間合いを詰めてきた。

「すでに噂が広まっているので、お耳に入っていることと思いますが、古河宿の件で……」

「ああ、聞いている。愚行にもほどがある」

「はい、お城でも眉をひそめるお方が多く、陰でいろいろと取り沙汰されています」

「ふむ、そうであろうとも。お咎めを受けそうだ、という話は出ておらぬか」

「それはまだ……跡部様の御一行はまだお戻りになっていませんし」

「そうか、温泉にでもつかっているのやもしれんな」

「はい、お城でもそうささやかれています。佐々木様ならばそうなさってもおかしくはない、ということでしょうか。真木様は相役であられたゆえ、お人柄もご存じのことかと」

「いや、相役といっても、わたしが目付を離れる少し前に、佐々木殿が着任したのだ、さほどのつきあいはしないままであった。まあ我らに対しては丁重に振る舞い、配下の者らには高飛車であったのは覚えているが」

ああ、と浦部は深く頷く。

「やはり、そうですか。佐々木様の下についている徒目付は、仕事が増えた、とこぼしておりました」

「ふうむ、上と下では顔を使い分けるお人のように見えたな」

日光御用の一行が出立した折、町で怒鳴っていた姿を思い出した。

「配下の徒目付は言うていました。佐々木様は勘定奉行を目指しておいでのようだ、と、それゆえ、お役目に励まれておられるのだと」

「なるほど、勘定奉行か」

勘定奉行は旗本の就く役職の中ではかなりの高位だ。町奉行には及ばないが、その次に匹敵する。

「となれば、勘定奉行である跡部大膳に従うのも無理はないな」

勘定奉行に就くためには、すでにその役に就いている者からの推薦が、大きな力を持つ。

「はい、わかりやすいお方と、陰でささやかれています」

浦部もささやき声になる。

登一郎も声を低めた。

「伊達家はなにも言って来ていないか」

はい、と浦部は頷く。

「今のところはなにも。五月の五日には仙台に入ったそうですが、まだ日も浅いせいかもしれません。お城では伊達家の動きを懸念する声もあるようです」

うぅむ、と登一郎は眉を寄せる。下屋敷で会った仙台藩士の憤りを思い出していた。

「またなにかありましたら」浦部がささやく。

「知らせに参ります」

「うむ、頼む」頷いて登一郎は、眉間の皺を解いて苦笑した。

「いや、隠居をしてもなにかと気になるものでな、お城にいた頃にも苛立つことが多かったが、町から見上げるとさらに粗が見えて心配になるのだ」

「はい、わたしも僭越ながらそのように……」

二人は目顔で頷き合う。

浦部は頭を下げると、

「では、これにて」

と、静かに立ち上がった。

古傘を担いで、ありがとうござんした、と声を上げて出て行く。

それと入れ違いに、足音が駆けて来た。

「先生」新吉が戸を開ける。

「できましたよ」

「おう、そうか」

土間に寄って行く登一郎に、新吉は一枚の紙切れを差し出した。

「明日から売り歩く町の順番です。朝六つ半（七時）に、浜町から始めます」

「承知した」

紙を手に、登一郎は大きく頷いた。

六

二日後。

上野に近い根津の辻に、登一郎は立った。昨日から売り始めて、町を転々とし、今日は最後の売り場だった。

近くには大きな造りの根津権現があり、その周辺に遊郭が集まっている。ために男達の行き来が多い。夕刻近くになっているため、その人出も増えてきていた。

「さあさあ、昨日刷り上がったばかりの読売だ」

深編み笠を被った新吉が、声を張り上げる。横には、同じく深編み笠を被った文七と久松もいる。登一郎は少し離れた場所に立っていた。

「雀のお宿から、当の雀が追い出されたって話だ。追い出したのはおっかねえ化け物だ、この化け物の御一行様が無理矢理に乗り込んできたからたまらねえ」

読売を買った男が、人の輪を離れて登一郎の近くにやって来た。手にした読売と新吉を交互に見ながら、口上を聞いている。

登一郎は横目で、男が手にした読売を覗いた。

右上に化け物が描かれている。目が四つ付いた化け物が頭に大きな膳を被っている。

その男の横から別の男が覗き込んだ。

「この目の化け物は目付ってこったな」

「おう、で、被ってるのが大膳だろう。目付が大膳の威光を笠に着て威張り散らしてるってこったな」

二人は笑い合う。

左の下にも絵がある。笹の枝に葉が付いた円の中に、雀が二羽、向かい合っている図柄が、放り出されて転がっている絵だ。

「こりゃ伊達家の家紋、仙台笹（せんだいざさ）だな」

「おう、ちげえねえ、ひでえ目に遭ったな」

笑いが苦く変わる。

伊達にはいくつかの家紋があるが、有名なのが仙台笹だ。〈丸に竪三引き両〉などは他家も使っているが、仙台笹は独自で、ひと目で伊達家とわかる。

「道理もなにもあったもんじゃない」新吉の声が響く。

「追い出された雀の御一行は、宿に入りきれずに、野宿したってえから驚きだ。それは、その宿場に居合わせたお人らに聞いた話だから間違いはない」

新吉が手にした読売を高く掲げる。

「詳しいことはここに書いてある。さあさあ、買った買った」

横にいた文七と久松が進み出て、読売を乗せた腕を差し出す。

「おう、くれ」

「こっちもだ」

客らが手を伸ばし、次々に売れていく。若い男らに混じって、女や老人、少年の姿も見られる。

登一郎は四方、そして八方に目を配る。

昨日も一箇所目で町役人が駆けつけて来たために、笛を吹いた。三箇所目では、同心の姿に気づいて、すぐに笛を吹いた。

登一郎は手の中にその小さな笛を握りしめ、目を動かす。と、その目を人の輪の中に移した。

手拭いで頬被りをした男が、人をかき分けて進んでいる。

登一郎の目がそれを追う。なにかを感じて首筋が引き締まる。その男の肩に、力が入っているのが感じ取れていた。

男が三人の前に立った。

あ、もしや、と登一郎は笛を口に運んだ。

「ピイッ」

と、音を鳴らす。

同時に男の手が伸び、文七の編み笠を持ち上げた。

顕わになった文七の顔と、男が向き合う。

新吉は走り出した。

久松も反対側へと走り出す。

文七は慌てて笠を手で戻し、身を翻そうとした。が、その腕を男がつかんだ。

しまった、と登一郎は地面を蹴った。あの男、探索方の同心だ……。

町奉行所の同心には、姿を変えて探索に当たる者がいる。

走っていた新吉が振り向く。文七が捕まったことに気づき、足を止めようとするが、顔を振って、また走り出した。久松も同じように、振り向きつつ、走り去って行く。

なにかあったときにはとにかくばらける、という取り決めだと、登一郎も聞かされていた。

文七は手を振り払おうとするが、男の指が腕に食い込んでいく。

いかん、助けねば……。登一郎は人の輪に近寄って行く。と、その目の前で、客らが動いた。

「おっと、いけねえ」

一人が同心にぶつかる。

同心はよろめくが腕をつかんだ手は離さない。

そこに別の一人が身体を当てた。

「おおっと、危ねえ」

さらにもう一人、ぶつかった。同心がまたよろめく。

「おい、押すなよ」

ぶつかった男が大声を上げるが、誰も押してはいない。

「おれじゃねえよ、危ねえな」

別の方向から、男が体当たりした。

同心は大きく傾いて、つかんでいた手を離した。

離された腕を振って、文七が走り出す。

「待てっ」

同心が身を立て直したところに、女が「きゃあっ」と声を上げてぶつかっていった。太ったその女は、身体ごと体当たりをして、同心とともに倒れる。

女は同心の上に被さって、手足をばたつかせた。

「誰が押したんだい、危ないじゃないか」

手足を動かすが、立とうとはしない。

「どけっ」

同心が女の身体をどかそうとする。

女は「助けとくれぇ」と声を上げながらも顔が笑っている。

「おう、こいつはてえへんだ」

男が手を伸ばした。が、助けようとはせずに、逆に女を上から押さえつけた。

「このっ」

同心が大声を放つ。その手を大きく振り、やっと女をどかす。

「あれぇ」

女が黄色い声を出して転がる。

同心は立ち上がると、懐から小型の十手を取り出した。

同時に、周りの男らがいっせいに四方に走り出した。

登一郎もその場から、離れる。

すでに文七の姿は消えていた。

「くそう」

同心は十手をかざして、散って行く人らを見渡す。

登一郎は小さく振り向きながら、根津の町を抜けた。


遠回りをして、登一郎はのっぴき横丁に戻った。

すでに日が暮れ、薄暗くなっていた。

登一郎は新吉の家の戸口に立った。

「ごめん」

小声でそっと戸に手をかける。と、おみねが上がり框に座っていた。

「あら、先生でしたか」

「新吉さんは、まだ戻っておらぬか」

土間に入って戸を閉める登一郎を、おみねが見上げる。

「なにかありましたか」

「うむ、実は、いや、わたしが迂闊であったのだが……」

登一郎は根津での出来事を話す。

「そうでしたか」おみねは背筋を伸ばした。

「ならば、深川のお寺に行ったんでしょう」

「お寺、とは」

「深川にあたしらに味方してくれてるご住職がいるんです。なにかまずいことが起きたときには、そこに逃げ込むことになってるんですよ」

なるほど、と登一郎は頷いた。

寺は寺社奉行の支配下にあるため、町奉行所の役人は手を出せない。

おみねはふっと息を吐いた。

「文七さんが顔を見られたんなら、当分はそこにいることになるでしょう。新吉さんは、多分、二、三日のうちには戻って来るでしょう」

「ほう、そのように匿(かくま)ってもらえるのか」

「ええ、普段からお布施(ふせ)もしてますんで、しばらくいさせてもらうくらいは大丈夫、そういう話がついてるんです」

「そうか、確かに、顔を知られたからには、当面、外を歩かないほうがよいな」

ええ、と頷くおみねを、改めて見つめた。

「おみねさんはうろたえておらぬな。肝(きも)が据わっていると見える」

ふふっ、とおみねは笑う。

「そりゃ、こんな仕事をしてるんですもの、覚悟はとっくにできてますよ。いざとなったら、あたしも逃げることになってるんです。お互いに生きてたら、落ち合う場所も決まってるんですよ」

「ほう、周到なことだ」

「ええ、逃げるが勝ち。命さえあれば、どっからでもやり直せますからね」

きっぱりとした笑顔で頷く。

「ふむ、大した覚悟だ」

登一郎は微笑むと、「では」と背を向けた。

が、戸を開けながら振り向いた。

「文七さんと久松さんには、女房はいないのか」

「ええ」おみねが顔を上げる。

「読売の仕事はなにが起きるかしれませんからね、女房子供は持てねえって言ってますよ」

ううむ、と登一郎は唸る。

「やはり大した覚悟だ」

そうつぶやくと、ゆっくりと外に出た。

第四章　家内の乱

一

「ほほう」

　と、見台に座った清兵衛が顔を上げた。

「それは危ないところだったな」

「うむ、はらはらした」

　横に立つ登一郎が頷く。昨日の根津での出来事を話し終えたところだ。

「まあ、これまで捕まったことはないから、心配はいらんだろう」

　清兵衛の言葉に登一郎が「ふむ」と町を見渡す。

「町人らは読売の味方なのだな、心強いことだ」

ああ、と清兵衛は笑った。

「町の者らは御公儀に不満を持っているからな、当然、それに抗う者に与(くみ)することになろう」

登一郎は頷きつつ、苦く思う。御公儀がこれほど嫌われているとは……。

と、その顔を横に巡らせた。

男が小走りにやって来る。息を切らせつつ、横丁の入り口を見て、慌てて足を止めた。

きょろきょろと見回して、登一郎と清兵衛に目を留める。

「のっぴき横丁ってのは、ここですかい」

「さよう」

頷く登一郎に、男が腕を振る。

「く、公事師の家はどこですかい」

「そこだ」

登一郎は手を上げた。

一番手前の家に〈公事師　くじし〉と書かれた板が掲げられている。

「おっ、ここか」

男は戸口に走り寄ると、

「ごめんくだせえ」

と、大声を上げた。

すぐに戸が開いて公事師の高柳角之進が姿を見せた。

「どなたかな」

「あ、あっしは助佐、橘屋助佐といいます。あの、公事をやりたいんです、訴えたい相手がいて……」

公事を起こす際には、ほとんどの場合、公事師に頼むことになる。訴えの内容を記した目安（訴状）を書き、それを町奉行所に届けるのが、公事師の最初の仕事だ。その後は町奉行所に通い、訴えが取り上げられたかどうかを確認することになる。お取り上げになれば、訴えた当人に呼び出しがかかり、公事師はそれに付き添う。うまく口の回らない町人に代わって説明をし、事を進めるのが公事師の役割だ。証立てをする者を探し出したり、訴えられた側とやりとりをして、闘うこともする。

「ふむ、入りなされ」

高柳は助佐を家の中へと招き入れた。

「あの、あっし、金を返してもらいたくて……」

助佐の昂ぶった声は筒抜けに聞こえてくる。

「いえ、よく知った人じゃなくて、お客の口利きで知り合ったんです。で、ここだけの話ってぇ儲け話を聞かされて……」

高柳の声は聞こえてこない。低く抑えているのだろう。

「へえ、南蛮渡来の薬なんです。そいつを服めば、五つの病がたちどころに治るってえ大した薬で……はあ、五つ、ええっと、瘡とか疱瘡とか、あとなんだったかな……」

登一郎は耳を傾けながら、見台に顔を向けた。

「そのような薬、あると思うか」

「いや、ないだろう」

清兵衛は苦笑する。

「ええ」助佐の声が高まる。

「高い薬なんです。だから、みんなで金を出し合ってそれを買う、そいで、それを薬種問屋や医者に売って儲けを山分けするって話で……ええ、二両、払ったんです、持ち合わせがないから、半分は人から借りて……なのに、いつまで経っても薬が入ったってえ話はきやしない。船が遅れてるだのなんだの言って、だから、そんなに手間がかかるんなら、あっしは下りるから金を返してくれって言ったんでさ、なのに、長崎に送ったから手元にはないって言われて……」

登一郎は鼻から息を漏らした。

「ふむ、考えたものだな」

「ああ、五つの病などと、数を上げるのがまことしやかだな」

清兵衛が立ち上がった。

二人は清兵衛の家の前に移った。高柳の家は向かいだ。

その家の戸が開いた。

中から助佐と高柳が出て来る。

と、隣の家の戸も開いた。出て来たのは口利き屋の利八だ。

高柳が苦笑して、

「聞こえていたであろう」

というと、利八が頷いた。

「はい、ようく。欺されたようすですな」

高柳は顔を助佐に向けた。

「金公事は町奉行所ではお取り上げいただけないのだ。町名主や家主などに入ってもらって話し合うのが決まりだ」

「やっ、家主さんには話したんでさ、けど、欲をかくからだって、取り合っちゃもらえなかったんで……」

眉を下げる助佐に、高柳が頷く。

「うむ、そのように人を欺す輩は、一筋縄ではいかぬもの、ゆえにこのお人に頼むとよい、口利き屋の利八さんだ」

利八が助佐と向き合う。

「話はわかりました、その相手と談判しましょう」

「え……話を付けてくれるんですか」

「上手くいくかどうかは、やってみなけりゃわかりませんがね」

「ああ、とにかくやってみてください、なんとしても二両、取り戻したいんで、でないと、もう商いの銭を回せなくなっちまう……」

「ほう、なんの商いをおやりですかな」

利八の問いに、助佐が息を吐く。

「あたしは絵に使う顔料を扱ってるんです。京で仕入れて、江戸の絵師に売ってきたんです。青い瑠璃や赤い辰砂、金泥や銀泥、あ、金箔や銀箔なんかも仕入れて……

それが、去年、役者絵と錦絵が禁止されちまって……」

色鮮やかな多色刷りの錦絵は、贅沢品として、役者絵とともに作ることも売ることも禁じられた。

助佐は肩を落とす。

「売れなくなって、どっさり余りが出ちまって……仕入れに使った分で足が出たままなんです」

「ふうむ」聞いていた高柳が眉を寄せる。

「欺す者は、人の弱ったところを巧みに突いてくるものだ」

「まったく」利八が頷く。

「して、二両を払ったという証文はありますかな」

「へい」

弥助が懐に手を入れると、それを制して利八が顎をしゃくった。

「ああ、では中で見せてもらいましょう」

「それでは」高柳は踵を返す。

「あとはよろしく頼みます」

はい、と利八は助佐を家の中へと入れた。

閉まった戸を見て、成り行きを見守っていた二人は顔を見合わせた。

「欺されるなど愚かな、とは笑えぬな」

登一郎のつぶやきに、清兵衛が頷く。

「うむ、溺れる者は藁をもつかむ、ということであろう」

やれやれ、と清兵衛は見台へと戻って行く。

登一郎は踏み出した足下に雨粒が落ちたのに気づいて、空を見上げた。

曇天から落ちてくる雨に目を細める。

雨も法令も、容赦なく降り注ぐものだ……。


朝の膳を出した佐平が小首をひねる。

「今日も文七さんは来ませんでしたよ。なので、この煮豆は別の煮売り屋から買いました。味はどうだか」

ふむ、と登一郎は箸で豆をつまんだ。大豆と昆布の煮豆だ。

「ちいと味が濃いが、悪くはない」

「さいですか」佐平が目で笑う。

「実はあたしもさっきつまんでみたんですけど、まあまあですね」

そうか、と登一郎も笑った。

新吉は根津の翌日に戻って来て、久松もまた納豆売りとしてやって来ている。が、文七の姿はないままだ。

まだ寺に隠れているのだろう、と登一郎は思う。

佐平が顔を外に向けた。

「五目豆が恋しいですね、どうしたんでしょうかね」

ふむ、と登一郎はとぼける。

「おおかた風邪でもひいたのであろう」

はあ、と佐平は襷を外して袖を下ろす。

「ここんとこ、梅雨寒が続いてますからね」

五月も半ばになり、雨の日々が始まっていた。

登一郎は耳を澄ませる。

外から雨音が伝わってくる。

が、すぐにその音は、右隣から響いてくる鈴の音でかき消された。拝み屋の振る鈴の音だ。

それに続いて、左からもカンカンという音が立つ。

作次の錠前作りの響きだ。

登一郎はその音に耳を向けながら、呉服屋の嘉助の顔を思い出していた。

二

道の先に、千歳屋の大きな屋根が見えて来た。が、近づきつつ登一郎は、おや、とつぶやいた。なんだ、いつもと違うな……。

近づいて、暖簾がないことに気づいた。

さらに近づいて、登一郎は「えっ」と声を漏らした。

暖簾の代わりに裏返しにされた簾がかけられており、忌中と書かれた札が貼られている。

慌てて半分開いた戸に走り寄って中を覗き込む。

店には人がおらず、奥の屋敷のほうが騒がしい。と、その廊下から番頭がやって来た。

登一郎は中へと入ると、

「庄右衛門さん」

と、呼びかけた。

「え、あ……」庄右衛門が驚いて板間の端までやって来て膝をついた。

「真木様、わざわざ……」

「いや、そうではない、たまたま、だ。忌中とはどういうことだ」

「ああ、そうでしたか、実は旦那様が、今朝、亡くなられたんです」

「なんと」

目と口を開く登一郎に、庄右衛門は顔を歪ませる。

「昨夜はいつもどおりにお休みになったそうなんです。最近ではお粥も召し上がるようになって、声も少しずつ出始めていたんですが」

「それでは、突然、ということか」

「はい、朝、嘉助さんが起こしに行ったら、息をしていなかったそうで。医者の言うことには、寝ているあいだに中風がまた起きたんだろう、と……」

「むう、なんと」

拳を握る登一郎に、庄右衛門は腰を上げた。

「どうぞ、奥へ。通夜と弔い(とむら)は屋敷のほうで執り行いますんで。嘉助さんもいますから」

うむ、と上がった登一郎に、庄右衛門は頭を下げた。

「あたしは用事があるもので、失礼を」

店の外へ小走りに出て行く。

屋敷の廊下を登一郎は進む。

奉公人らが慌ただしくすれ違う。

廊下を踏む足を、登一郎は止めた。障子を閉め切った部屋からぼそぼそと抑えた声が聞こえたためだ。聞き覚えのある、おかみのおとよと大番頭の市右衛門の声だ。

「相手はなんて言ったんだい」

うわずったおとよの声に、市右衛門が低く答える。

「まだ、用意はできていないそうで。あちらも、いきなりこんなことになって驚いてるところで」

「まあ、そりゃそうだろうけどさ、こっちだって慌てたんだから。けど、こうなったら、ぼやぼやしてらんないよ、とっとと話を決めちまわないと」

「ええ、明日、弔いが終わったら、また行って来ましょう」

「ああ、ほんとに頼んだよ、もう、なんだってこんな急なことになっちまったんだろうね」

人が立つ衣擦れの音に、登一郎は素早く歩き出した。

廊下を曲がり、かつて訪れた部屋へと向かう。

登一郎は、そこで足を止めた。

庭に向いた部屋は障子が取り外され、中が見渡せた。

登一郎はごくりと唾を呑んだ。すでに棺桶が置かれている。身体が硬くならないうちに、納められたのだろう。

「あ、真木様」嘉助が腰を上げた。

「おいでくだすったんですか」

「いや、見舞いのつもりで来たら……この事態を知って驚いたところだ」

登一郎は棺桶の前に座ると、置かれている香炉に線香を立てた。手を合わせて瞑目すると、傍らの嘉助が膝で寄って来た。

「昨日までは元気だったんですよ、いえ、元気といっても病人の元気ですけど、でも、だんだんとよくなってきていたのに……」

ふうむ、と登一郎は手をほどく。

「中風は突然、ぶり返すというからな……」

「ええ、医者もそう言ってました。けど、まさか、こんな急に……」

嘉助の声は震えている。

「落ち着け」登一郎はその耳に顔を寄せた。

「今、廊下の途中でおかみと大番頭が話しているのを耳にした。店と屋敷を売る話、慌てて進めるようだぞ」

え、と嘉助は赤い目を見開く。

「こんなことになって……お通夜もこれからだっていうのに……」

うむ、と頷く。主への情がないのがよくわかるというものだ……。

「そういえば、若旦那はどうしたのだ」

「ああ、兄さんは今、お寺に行ってます。総領息子だから、仕切らなきゃならないって、妙に張り切って……」

ううむ、と登一郎は眉を寄せる。

そこに足音がやって来た。庄右衛門が入って来る。

「仕出しの手配はしてきました」

そう言って、嘉助の横に座る。

「しっかりしてくださいよ、ここが勝負時ですよ」

「勝負か、どうするつもりか」

登一郎の問いに、庄右衛門は店のほうを見る。

「これから手代頭を交えて話をします」

「ほう、手代頭は嘉助さんの味方なのだな」

「ええ」庄右衛門が頷く。

「なかには、大番頭さんに付いている者もいますけど、手代は嘉助さんの味方が多いし、小僧は皆、嘉助さんを慕っています」

「小僧なんて」嘉助が泣き笑いする。

「役に立ちゃしないよ」

「いいえ」庄右衛門がその肩をつかんだ。

「相手がどんなに小さくても、好かれるのと嫌われるのとでは雲泥の差、小僧だって足軽みたいなもんです」

ほほう、と登一郎は番頭を見た。

「庄右衛門さんは頼りになるな」

嘉助が深く頷く。

廊下をいくつかの足音が「番頭さん」「嘉助さん」の声とともにやって来る。

「では」登一郎は立ち上がった。

「明日の弔いにまた参る」

「え、お越しいただけるのですか」

見上げる嘉助に頷いた。

「乗りかかった舟、のようなものだ。どうなるか気にかかるしな。昼前あたりに来ればよいか」

「昼九つ（十二時）には家を出ます」

武家の葬儀は夜に行われるが、町人は昼に行うのが習いだ。

「うむ、では早めに参る」

登一郎は二人と目を交わすと、廊下へと出た。いま一度、棺桶に手を合わせると、その足で、外へと歩き出した。


翌日。

座敷に上げられた登一郎はほかの弔問客らと、隣の部屋にいた。襖は取り払われて、奥まで見通せる。

「しかし、惜しいことでしたな、よくなりかけていたと聞いていたのに」

後ろから声が聞こえてくる。商家の旦那衆らしい。

「はあ、まったく。千歳屋さんもまだ自分でやる気だったでしょうに」

「そうですな、安心してお彼岸に、というわけにはいきますまいな」

「しっ」

「おっと、これは……」

庭では次々と弔問客が来て、焼香して手を合わせていく。

なかには、座敷に案内される客もいた。

それを見つめる登一郎に、隣の客がそっと声をかけてきた。

「失礼ですが、御武家様は千歳右衛門さんとはどのような……」

「ああ、わたしは俳諧の仲間でして」

登一郎の答えに、「おや」と男は首をかしげた。

「では、お目にかかったことがありましたかな」

しまった、と登一郎は思う。この御仁、俳諧仲間か……。

「いや、わたしは……千歳右衛門殿とは拙宅にて、二人で句会をしていたゆえ」

はあ、と男は頷く。

「さようで……さすが千歳右衛門さんだ、顔が広いお人でしたからな」

「うむ」

と、顔を逸らす。と、その目を動かした。

「皆さん、今日は父のために、ありがとうございます」

そう言って、長男の千一郎が棺桶の前に進み出た。

「これからはわたしめがこの千歳屋の主として、頑張って参りますので、どうか、皆さんのお引き立てを……」

その言葉を、おとよが遮った。

「これっ、出過ぎた真似を……お店を取り仕切るのはあたしだよ」

え、と千一郎は狼狽える。

おとよは立ち上がると、千一郎の前に立った。

「あたしは生前の主から託されておりました、千一郎は頼りないからおまえが差配をしろ、と。お店の先行きは、あたしが決めますので、皆さん、ご承知おきくださいますよう……」

「ちょっと、お待ちを」

番頭の庄右衛門が立つ。振り向くと「あれを」と手代頭に声を飛ばした。

手代頭と嘉助が、奥に置いていた帳簿簞笥を持ち上げて持って来る。

「これは、旦那様が最後まで枕元に置いていた簞笥です。嘉助さん」

はい、と嘉助が進み出た。昨日の狼狽は消え、覚悟を決めた顔つきになっていた。手に鍵を持って、それを掲げる。

「あたしは父から言われてました。なにかあったら、箪笥に書き付けを入れてあるから、そのとおりにしなさい、と」

客らが嘉助を見た。

「へえ」

「遺言か」

ざわざわと声が立つ。

ほう、と登一郎は目を見開いた。思い切った手に出たものだ……。

おとよと千一郎、大番頭も驚きに目を剝いている。が、おとよは拳を握ると、

「ちょっと、お待ち」と進み出た。

「いい加減なことを言うんじゃない」

「そうだ」大番頭もその後ろに立った。

「あたしは旦那様に言われたんだ、なにかあったらおまえがおかみさんを支えろってね」

庄右衛門はゆっくりと皆を見回した。

「話は書き付けを見てからにしようじゃありませんか」

嘉助の腕をひいて、簞笥の前に座らせる。

「簞笥を開けてもらいましょう、さあ」

促されて、嘉助が鍵を鍵穴に差し込む。

皆が集まってきて、それを凝視した。

二番目の引き出しに差し込んだ鍵を回す。小さな音が鳴った。

嘉助は顔を上げると、皆を見回して、

「開けます」

と言った。

唾を飲み込む音が、四方から聞こえてくる。

引き出しを開けた嘉助が中から折りたたんだ書状を取り出した。

庄右衛門が手を伸ばして、それを取り上げると、皆に見えるように開く。開ききったその書き付けを、顔の前に掲げた。

「なんだ」

「なにが書いてある」

集まった人々が首を伸ばして覗き込むと、口々にそれを読み上げた。

「ほう、身代(しんだい)は嘉助さんに譲るってことか」

「次の主は嘉助さんか」

そう言い合う人のあいだから、おとよが手を伸ばし、その書き付けを庄右衛門の手から取り上げた。

「お寄越し」

震える手で持ち、それを読む。左右から、大番頭と千一郎も覗き込んだ。

「な、なんだって……そんなこと、あるもんか」

千一郎は奪い取ると、わなわなと震わせながら、読み返す。

「わ、若旦那はあたしだよ、あたしが継ぐに決まってるじゃないか」

「おだまり、おまえは黙っておいで」母が奪い返す。

「こんなもの、嘘に決まってる」

右手で掲げると、左手で嘉助を指した。

「おまえ……嘉助が書いたんだろう、このお店を、身代を乗っ取るつもりなんだ、妾の子の分際でっ」

指を揺らして睨みつける。

「そうだ」大番頭も声を荒らげる。

「そんなもの、偽物に違いない、騙されるものか」

「そ、そうだそうだ」千一郎も大声を出す。

「嘉助なんかに主が務まるものか、あたしは子供の頃から、跡継ぎとしていろんなことを教わってきたんだ」

周りからひそひそと声が立つ。

「その割には、やることがねえ」

「ああ、いろいろと聞くねえ」

千一郎はそれを聞くと、顔を赤くして周りを睨んだ。

庄右衛門は進み出ると、おとよの手から書き付けを取り返した。

それを広げ、改めて皆に見せる。

「旦那様はいろいろと考えなすった末に、嘉助さんを跡継ぎに決めたんです。あたしは、それを聞いていました。嘉助さんもでしょう」

嘉助はすっくと立ち上がると、皆の顔を見渡した。

「はい、おとっつぁんから、頼むと言われました」

きっぱりと言い切ると、ざわざわとささやきが波立った。

「そういうことかい」

「嘉助さんは働き者だからな」

「そらぁ、まっとうな考えかもしれないな」

おとよが足を踏み鳴らした。

「違う、みんな、騙されないでおくれ」

「そうだ、騙されるな」

大番頭の怒声に、庄右衛門が言い返す。

「大番頭さんこそ、騙そうとしてるじゃないですか」

「なんだとっ」

千一郎も進み出る。

「番頭は黙っといで」

「いいえっ」

唾を飛ばし合う人々に、

「待て」と、登一郎が立ち上がった。

「ええい、待たれよ」

腕を上げて前に出る。

武士の重い声に、場がしんとなった。

登一郎は皆の顔に顔を巡らせた。

「ここで言い争うだけでは埒（らち）はあかぬ。これは公事にするのがよかろう」

「公事」

皆からつぶやきが漏れる。

「さよう」登一郎は頷く。

「その書き付けがそもそも、千歳右衛門さんの手によるものなのかどうか、調べればわかることであろう。吟味によって、明らかにしてもらうのだ」

ほう、おう、とささやきが重なる。

「それは道理だ」

「筋というものだな」

嘉助と庄右衛門も、

「公事」

とつぶやいて、顔を見合わせる。登一郎はその二人に、目顔で頷いた。

二人はしばし見つめ合い、頷き合った。庄右衛門は手にしていた書き付けを嘉助に渡す。

嘉助はひと息、大きく吸い込むと、それを頭上に掲げた。

「はい、公事にします。あたしは乗っ取るつもりじゃありません、ただ、おとっつぁんの願いに沿いたいだけです」

「そうかい」大番頭が進み出る。

「なら、お白州で決着をつけてもらおうじゃないか」

「あ、ああ」

おとよも頷く。千一郎は、二人の後ろに引いていた。

ぱん、とそこに手を打つ音が鳴った。

大店の主らしい老人が進み出る。

「さあ、それじゃ、その話はここで収めてくださいよ。なんだってまあ、こんな日に……千歳右衛門さんをこれから送り出さなけりゃならないんだ、みんな、気を鎮めて手を合わせてくださいな」

人々は神妙な面持ちになった。決まり悪そうに背筋を伸ばすと、手を合わせた。

登一郎はそっと嘉助に近寄った。

「わたしはこれで帰る。横丁に公事師がいるゆえ、頼む気になれば来ればよい、引き合わせる」

あ、はい、と嘉助は礼をする。

「ありがとうございました」

登一郎は目顔で頷き、背を向けた。

三

朝の掃き掃除の手を止めて、登一郎は高柳角之進の家を見た。公事師の小さな看板を見やりながら、昨日の葬式の騒動を思い起こす。

嘉助さんは来るだろうか……いや、江戸には公事師が大勢いる、ほかに頼むかもしれない……。

見つめる目の先で、その隣の戸が開いた。

口利き屋の利八が出て、

「おや、おはようございます」

頭を下げた。

うむ、と挨拶を返しながら、登一郎は寄って行く。

「そういえば、このあいだの二両を欺し取られたという話、決着はついたのか」

いや、と利八の顔が歪む。

「あのあと、助佐さんと相手の家に行ったんですよ。その二人と話をしたんですが、もう金は長崎に送ってしまったから戻せない、とにべもなく……いえ、こっちはそこが仕事ですから下がらずに脅(おど)したり賺(すか)したりしました。で、なんとか返してもらうよう話をつけました」

「ほう、そうであったか」

「ええ、そのときには、とりあえずということで一朱(いっしゅ)（八分の一両）だけを受け取って、帰って来たんです。残りは明後日、受け取ることになってるんですがね、なんでも明日、長崎で商いをした仲間が戻って来るとかで」

「ふうむ、信用できるのか」

「そこなんですよ」利八が眉を寄せる。

「相手の家は鉄砲洲(てっぽうず)にあるんですが、見た目は二階建ての一軒家で立派に見えますが、ありゃ、貸家ですね」

「そうなのか」

「ええ、中に上がればわかります、暮らしの物がほとんどなくて、長く住んだ気配がない。その二人は善人面(づら)で、人あたりも柔らかいんですが、そこがよけいに臭い。あたしもいろんな口利きをしてきたんでわかるんですが、人を欺そうとする者は、口が回るし愛想がいいんです、裏を隠すようにね。ありゃあ、紛れもない騙りです」

「なるほど」

登一郎は腑に落ちる。武士でも、探索役や隠密は人当たりがよい。人の懐を開かせるコツということか……。

「なれば、明後日、行って取り戻せるとは限らないのだな。いや、下手をすればもぬけの殻ということもありえよう」

「ええ、あたしもちと、心配になりまして、今日、行ってみようと思ってるんです。助佐さんは連れずに」

「ふむ、そうだな。しかし、そういう相手なら脇差しを帯びていったほうがよいと思うぞ」

「はい、あたしもそう思ってます。抜くことはないと思いますけど、威嚇にはなるかと。なめられちゃいけませんからね」

「うむ」登一郎は頷く。

「折衝では、強気に出ることが肝要である」

はい、と利八も頷きつつ、登一郎の顔を見た。登一郎も見返し、その目が宙で交わった。

「あのう……」

利八が口を開くと同時に、登一郎も言葉を出した。

「助太刀はいらぬか」

「いいですか」利八が手を打つ。

「御武家様が一緒なら、脇差し百本よりも心強いってもんで」

「うむ、よいぞ、参ろう」

よし、と登一郎は弛みそうになる口元を引き締めた。これで堂々と助っ人を名乗れる……。

「では、善は急げで、半刻後に」

「うむ、では支度をする」

二人は背を向けてそれぞれの家へと戻って行った。

鉄砲洲は海にほど近い。

「お稲荷(いなり)さんの向こうです」

立派な稲荷社の前では男達が参拝をしている。いくつかの河口が集まっているため、舟を操る人々の信仰が篤(あつ)い。

「あの家です」

見えてきた二階屋に近づいていくと、登一郎は利八にささやいた。

「家の周りをひと巡りいたそう」

「あ、はい」

裏に回った登一郎は、窓や勝手口の造りを見て回る。利八もそれに付いて歩く。

裏側を通り過ぎ、横に回ると、窓から人の声が聞こえてきた。登一郎は利八に目配せをして、そっと窓に近寄って行く。

「ほんとに五倍になるんでしょうね」

震えた声に、力強い声が答える。

「心配はご無用、五倍どころか、七倍、八倍になることもあるんですから。なにしろ、貴重な薬、ほしがる人は山ほどいますからね」

「そうですとも」やさしげな声が続く。

「なにしろ客になるのは大名や大店の主、金に糸目はつけないお人らですから」

「はあ、そいじゃ、売れたらすぐに知らせてくださいよ」

「はいはい、おまかせを」

人の動く音がして、客が出て行くのがわかった。

登一郎と利八は、窓の脇にぴたりと身を付け、耳を立て続けた。

「やれやれ」力強い声が野太い声に変わった。

「三両たあ、しけた野郎だぜ。それでうだうだ抜かしやがるんだから、面倒くせえったらありゃしねえ」

「おう」やさしい声が甲高い声になる。

「けど、江戸ともおさらばだ。明日の客は二十両は出しそうだからな、そいつで終えにすりゃちょうどいい」

登一郎と利八は顔を見合わせる。

目配せをして、そっと窓を離れると、表へと回った。

「ごめんくだされ」

利八が大声を張り上げた。

しばしの間を置いて戸が開く。

「ああ、これはこのあいだの」

太い声の男が奥から出て来ると、日に焼けた黒い顔でにこやかに笑った。

「おや」もう一人も出て来て、上がり框に並んだ。

「約束は明後日だったはずですが」

高い声の男は長い首をひねった。

二人とも、利八の後ろに立つ登一郎をじろりと見る。

「はい」利八は土間へと入り込んだ。

「なんですが、ちと都合がありまして、今日に早めていただこうとやって参りました」

「いやいや、そうおっしゃられましても」首長の男が言う。

「こちらの都合は話しましたよね」

「ええ、ですが」利八が声を荒くした。

「あたしの勘が動いたんです。おたくさん方、どうも江戸を離れようとしなすってるんじゃないか、と」

「なんだと」黒顔の男が野太い声になった。

「おれらを盗人扱いしようってえのか」

袖をまくり上げて、足を踏み出す。

その豹変(ひょうへん)にも利八は、顔色を変えず、

「まあ、騙りも盗人も同じでしょうがね」

ふん、と鼻で笑って身体を揺らした。

登一郎は驚きを呑み込みながら、斜めから利八を見る。声も肩を揺らす立ち方も、普段とはまるで違う。

首長(くびなが)が「てめえ」と、声を高めた。が、その足は後ろに下がって、奥へと戻って行く。

利八はずいと足を踏み出す。

「二両を返してもらおうじゃないか、要件はそれだけだ」

「だぁかぁらぁ」黒顔が顎を上げる。

「金は長崎なんだよ」

「嘘を言っちゃいけない」利八も顔を斜めにする。

「さっき、三両をせしめたのはわかってるんだ」

「なんだと、てめえ、覗いてやがったのか」

黒顔が赤味を帯びる。

「野郎っ」

奥から首長が飛び出して来た。手に匕首(あいくち)を握っている。

「ぐだぐだ言ってねえで、帰りやがれっ」

「ふざけるなっ」

利八が脇差しを抜く。

登一郎も柄に手をかけた。

首長の男は利八の肩へ匕首を振り下ろす。利八はそれをよける。が、足下がぐらついた。

しまった、と登一郎は鯉口を切る。相手が上に立っているため、こちらが不利だ……。

黒顔の男も奥へと走り、手に出刃包丁を持って戻って来た。

と、利八がぐらついた足で土間を蹴り、座敷に上がった。その勢いのまま、脇差しの峰で首長の手首を打つ。

匕首を落とした男を、利八が足で蹴り上げる。

崩れて膝をついた男の肩を、利八が踏む。肩が外れる音が鳴った。

「てめえっ」

黒顔が包丁を振りかざして寄って来る。

登一郎は刀を抜くと、足を踏み出した。

黒顔の脛を、峰で打つ。鈍い音がして、男が倒れ込んだ。

男はぐうっと呻きながら、登一郎を睨み上げる。登一郎は切っ先を目の前に差し出し、揺らした。

「人から欺し取った金は身につかぬぞ」

「るせえっ」

男は脛を抱えながらも、唾を吐く。

畳に転がった二人を、利八は見下ろした。

「そら、二両を返しな」

肩を押さえた首長の男が、歪んだ顔で見上げる。と、その目を自分の腹へと向けた。

「胴巻きにある」

ほう、と利八はしゃがんで腹に手を伸ばすと、着物を広げた。現れた胴巻きから、財布を取り出す。

紐をほどいて、中を覗くと、ははは、と笑った。

「あるある、たんまりあるのに、嘘はいけないねえ」

小判を二枚、つまみ出す。

「てめえ」首長が見上げる。

「一朱はこないだ払ったろうが」

「ああ、そうだったね、けど、ありゃ利息だ」

利八は財布を戻そうとして手を止め、もう一つ、一朱金をつまみ出した。

「こいつも利息でもらっておくよ。それですましてやるんだから、あたしゃ仏のようなもんだ。感謝するんだね」

そう言うと、くるりと背を向け、土間に下りた。

「さっさと江戸を出て行きな」

利八はそう言うと、登一郎と目顔を交わした。

二人で外に出ると、利八は大きく息を吐いた。

「いやぁ、助かりました」

頭を下げる利八に、登一郎は「いや」と苦笑する。

「利八さんは肝が据わっておるな、それに強い。驚いたぞ」

利八は肩をすくめる。

「場数(ばかず)を踏んでますからね、自然とこうなったんですよ」

その手に一朱金をつまんで差し出す。

「これは先生の分です」

え、とためらう登一郎に、利八は笑顔になった。

「前の一朱はあたしの取り分、これは先生、とすれば二両を助佐さんに戻せるってわけで。なあに、相手は悪党、遠慮は要りません」

「なるほど」

登一郎は金の小さな板を受け取る。助っ人の報酬か……。そう口中でつぶやいて、手を握りしめた。

四

中食のあとの茶を飲みながら、登一郎はトンカンという隣から響く音を聞いていた。その音が止まった。

飯屋にでも行くのだろう、と思いつつ、そうだ、と登一郎は立ち上がった。

外に出ると、戸を閉める作次の姿があった。

「作次さん」登一郎は寄って行く。

「実は千歳屋の主が亡くなったのだ。弔いの席で、作次さんの作った鍵が役に立ってな……」

葬儀での出来事を話す。

「はあ、さいで」作次は気のない返事をする。

「あっしは人の家のことはどうでもいいんで」

「ふむ、そうか」

登一郎は失笑を呑み込んだ。錠前のほかは関心がないのだな……。

「いや、邪魔をした」

そう言って踵を返す。と、「おっ」と声を上げた。

家の前に徒目付の浦部が立っている。今日は着流しの浪人ふうだ。

「おう、来たか」

さあ、と戸を開けて中へ誘う。

座敷で向かい合うと、浦部は声を低めて身を乗り出した。

「伊達家が動きました」

「ほう」

登一郎も同じように身を乗り出すと、浦部はさらに声を低めた。

「正式に使者を立てて老中水野様にお目通りを願い、古河宿での一件について申し立てたのです。伊達家としては許しがたい暴挙ゆえ、跡部大膳と佐々木一陽の両名をお引き渡し願いたい、と。それに応じていただけない場合は、今後、参勤交代は行わない、と言ったそうです」

「なんと」

身を反らす登一郎に、浦部が頷く。

「たちまちに城中に広まりました。いや、陰で、ですが」

「ふうむ、それは騒ぎになろう。して、老中の返答はいかがした」

「即答は避け、重役らと検討する、とその場をしのいだようです」

ううむ、と登一郎は腕を組んだ。

「黙ってはおられまい、とは思っていたが、そこまで強く出たか」

「ええ、よほど腹に据えかねたのでしょう。無理もありません、名門の名を汚されたのですから」

「そうさな、黙って引き下がるわけにはいくまい」

登一郎の脳裏に、さまざまな顔が浮かんでくる。一度、城中で見かけた伊達の若殿は、りんとした面持ちだった。それに続いて、常に下目に人を見る跡部大膳や、冷ややかな眼の佐々木一陽の顔も浮かぶ。そして、口元の歪んだ水野忠邦の顔も甦ってきた。

「ふうむ、どうするつもりであろうな」

「ええ、城中でもささやき合っています」

「跡部も佐々木も、もう日光から戻っているのだろう」

「はい、帰ってきて出仕しています。跡部様は平然と登城していましたし、伊達家の使者が来たあとも、臆することなく振る舞っています。さすがに佐々木様は少し、周りを気にして、顔を伏せがちのようですが」

浦部は苦笑する。

「ふむ、いかにも跡部大膳らしいな」

登一郎は、顎を上げて歩く大膳の姿を思い出していた。

浦部が苦笑を小さな笑みに変えた。

「真木様はすっかり町のお人ですね」

ん、と首をひねる登一郎に浦部が笑いを抑えて言う。

「わたしなど、とても上役や重臣を呼び捨てにはできません」

「ああ、そうか」登一郎も笑い出す。

「ふむ、町ではかの老中首座も水野と呼び捨てだからな、わたしもすっかり馴染んでしまった」

「己が柵（しがらみ）の内にいることを感じます」

浦部は小さな息を吐いて、その頭を下げる。

「では、わたしはこれにて」

「うむ」登一郎は腕をほどいた。

「足を運んでもらいかたじけない。また、進展があったら、知らせてほしい」

「はい」

浦部は立ち上がる。

登一郎はそれを見上げて眉を寄せた。

「いや、今のは失言であった。もはや上役でもないのだから、義理堅く来てもらう筋ではない。無理はしないでくれ」

「いいえ、無理などではありません」

浦部は微笑んで首を振った。

土間に下りて、浦部は振り返る。

「わたしにとっても、柵や損得を考えずに話せるのが息抜きなのです」

そう言うと、会釈を残して外へと出て行った。


夕刻。

「ごめんくださいまし」

という声に、登一郎は腰を浮かせた。千歳屋の嘉助の声だ。

「入られよ」

そう言いつつ、急いで土間へと下りる。

戸を開けた嘉助は目の前に立つ登一郎に驚きながら、ぺこりと礼をする。

「先日は……」

「いや、挨拶はよい」

手で制す登一郎に、嘉助は顔を上げた。

「はい、では、さっそくですが、公事師にお引き合わせいただけないでしょうか」

「うむ、腹づもりが決まったか、よし」登一郎は外に出て、歩き出す。

「こちらだ」

端にある高柳の家に嘉助を連れて行く。

「ごめん」

呼びかける声にすぐに戸が開き、高柳は登一郎と横に立つ嘉助を見た。

「公事を頼みたいというお人だ」

登一郎の言葉に、「では」と、高柳は中へと導いた。

高柳と向き合った登一郎は嘉助のことを説明する。

嘉助もそれに言葉を足していく。

「ふむ、なるほど」

高柳は差し出された亡き主の書き付けを手に取り、読み込んだ。

「はっきりと嘉助に身代を託すと記してありますな。これならば、勝てるでしょう。ただ、これを主の筆蹟と証(あかし)立てる必要があります。ほかにも書いた物をお持ちですかな」

「はい、父は俳諧をやっていたので、書いた物はたくさんあります。店の古い大福帳もあります。それを持って来ればいいですか」

「ええ、お持ちください。まあ、それはさほど急ぐ必要はありません。吟味が始まってからでいいので」

「あ、はい。あの、お取り上げいただけそうですか」

「ええ」高柳はきっぱりと胸を張った。

「これなら間違いなく、公事にできます。すぐに目安を書いて、御奉行所に出しましょう」

ああ、よかった、と嘉助は息を吐く。が、その顔をすぐに引き締めた。

「あ、けど、あちらも公事師を頼んだそうなんです」

む、と登一郎は顔を向ける。

「おかみさんと大番頭が、か」

「はい」

「ふむ」高柳が口を尖らせる。

「訴答（訴訟）のうまい闘い方を教わるつもりですな。どこの誰かわかりますか」

「いえ、そこまでは」

「まあ、いいでしょう、心配には及びません。公事師がついたのなら、己の立場を守るために、勝ち目が薄いことをあらかじめ伝えるでしょう。なにしろ、この書き付けは勝ち札です。よく守りましたな」

「はい、取られないように、毎日、隠し場所を変えました」

「うむ、上出来です」

高柳は文机を寄せると、筆を執った。聞いた話の要点を書き留めていく。

「して」とその顔を上げた。

「おかみさんと大番頭が店を売ろうとしているのは、確かなんですな。その話、証立てができますか」

「ああ、それなら」登一郎が口を開いた。

「わたしは二人が密かに話しているのを聞いた」

「ほう、そうでしたか」

「あ、それに」嘉助が身を乗り出す。「手代頭の松蔵も聞いています。弔いの翌日に、大番頭さんからこっそりと呼ばれて言われたそうです。嘉助の味方をするな、手代らも味方しないようにまとめろ、と。店は売ることになるから、そうしたら自分は店を辞める。で、番頭には暇を出すから、おまえを番頭にしてやる、売り先にはそれを約束させる、と」

「ほほう」高柳は目を見開く。

「して、松蔵さんはなんと」

「そうします、と答えたそうです」

「ふうむ」登一郎は腕を組む。

「という話を嘉助さんに話すということは、松蔵さんは相手の言うことを聞くつもりはない、ということだな」

「はい」嘉助は頷く。

「もともと松蔵さんは大番頭さんよりも番頭さんを慕ってましたから、とんでもない、と言ってました。そもそも、店を売るなんざ、ふざけた話だって、怒っています。奉公人はみんな、おとっつぁんのことを慕っていたし、お店も好きなんです。そりゃ、なかにはそうじゃない者もいましたけど、そういう人は辞めていくんで」

「ふむ」登一郎は嘉助を目で示して高柳に言う。

「それに、番頭さんも手代頭も小僧さんも、この嘉助さんを慕っているのはようくわかりましたぞ」

「ほう、そうですか。では、その手代頭の松蔵さんは、寝返った、と相手に見せかけたわけですな」

嘉助は頷く。

「わたしは松蔵さんを信じてます」

「うむ」登一郎も頷く。

「寝返ったと見せかけて裏をかくのは、武士も古来から用いる常套手段(じょうとうしゅだん)。松蔵さんは賢明だ」

ふむ、と高柳は筆を動かす。

「よい状勢ですな。公事になれば売買はできなくなりますから、ご安心なさい」

「はい」

面持ちを弛める嘉助の横顔を、登一郎が見る。

「若旦那はどうしているのだ」

ああ、と嘉助は苦笑した。

「おかみさんから売る話を聞いたんでしょう、すっかりおとなしくなって、夕方になるといそいそと出かけて行きます」

「なるほど、店を売れば、一生遊んで暮らせると聞かされたのだろうな」

失笑する登一郎に、嘉助も苦笑を深めて肩をすくめた。

「よし」と、高柳は筆を置いた。

「すぐに目安を書いて出します。今月は北町奉行が月番ですからな、月が変わらぬうちにやりましょう」

北町奉行は遠山金四郎だ。来月になれば南町奉行の鳥居耀蔵が月番になる。すでに五月も残り少ない。

「間に合うか」

首を伸ばす登一郎に、高柳は胸を叩いた。

「夜を眠らずとも間に合わせます」

嘉助と登一郎は笑顔で顔を見合わせた。

五

清兵衛は向き合った登一郎の話に「ほう」と聞き入っていた。

「では、高柳殿は先月中に目安を出せたのだな」

「うむ、二十九日に出したと言っていた。仕事が早い、心強いことだ」

登一郎は顔を巡らせる。今いる清兵衛の家の向かいが高柳の家だ。

「ふむ」清兵衛もそちらを見る。

「高柳殿にまかせておけば心配は要らぬ。あの御仁はなんでも引き受けるわけではなくてな、道理に合わないことや欲得尽くの公事は断るのだ。だが、筋の通ったことは大した金にならずとも受ける。そうなれば、まず負けることはない」

「ほう、大したものだ。いや、利八さんにも驚いたが」

口利きの仕事で乗り込んで、二両を取り返したことはすでに話していた。

はは、と清兵衛は笑う。

「利八さんは以前、三人を叩きのめしたこともあるらしい。口も達者だが、腕も立つ。この横丁の者は皆、肝が据わっているからな」

そう言いつつ、清兵衛は顔を隣に向けた。

金貸しの家から女の声が響いた。

「五両でいいんです」

登一郎も身を乗り出した。

「客だな」

銀右衛門の声は聞こえてこない。もともと低い声で、大声を出すこともない。

「それじゃ、四両でも……」女の声が揺れる。

「早くしないと、一家みんながだめになっちまうんですよ。倅は間に合わずに死んじまったし……え、三つでした、急な病で……いいえ、おっかさんだって足が悪いし、亭主は仕事が減るし、あたしもあちこち痛いし……」

銀右衛門のぼそぼそとした声の響きだけが、かすかに伝わってくる。

「だから」女の声が高くなる。

「先祖の祟りなんです、ええ、福寿坊様にそう言われたんです……え、祈禱師です……いえ、すごいんですよ、病を治してくれるし、仕合わせにしてくれるんです」

と、そこに大きな音が立った。ガラガラッと、戸が開いたのは、二軒隣の拝み屋の家だ。

「くりゃあっ」

大声が響く。

「弁天のおばばだな」

そう言って立ち上がる清兵衛に、登一郎も続いた。

外に出ると、弁天が銀右衛門の家の前に、仁王立ちになっていた。

「先祖の祟りなんぞに騙されるでない、出て来んか」

大声に、戸が開いた。首を縮めた女が顔を覗かせる。その背中を銀右衛門が押して、二人は外に出て来た。女はおどおどとして、弁天を見ている。登一郎と清兵衛は、家の前でそれを見つめた。

弁天は腕を上下させる。

「なんとか坊の言うことなんぞ、真に受けるでないわ。先祖の祟りなんぞありゃあせんわ」

「え、けど……」女が両手を握りしめる。

「不仕合わせな一生だったために浮かばれないご先祖様がたくさんいて、障りをなしてるって……うちは災難が多いし……」

「ばっかもん、人の一生なんぞ、不仕合わせのほうが多いに決まっとる。仕合わせなんてもんは、その合間合間にちっとだけくるんじゃ」

「え、けど、子供だって死んじまって……」

「幼子の命が消えるのはよくあることじゃ。お城や大名家の子とて、皆が育つわけじゃあない。わしとて、子を三人亡くしとるわい」

登一郎は清兵衛に目顔を向けた。知っていたか、と目で問うと、清兵衛は、いや、と目で返してきた。

「え、でも」女は肩をすくめる。

「うちのじいさまは舟から落ちて死んだっていうし、そういう先祖がいっぱいいて、成仏できてないって……だから、うちは悪いことが多いんだって……」

「だからっ」弁天がずいっと足を出す。

「どこの先祖だって同じじゃと言うておろうが。苦労のない一生なんぞないんじゃ、人世なんてもんは、迷ったまま終わるのが普通、だからといって、いちいち祟るもんかっ」

え、と女が縮めた首を少しずつ伸ばしていく。

弁天がまた一歩、寄った。

「災難を先祖のせいにするなんぞ、先祖に失礼じゃろうが。いいか、生きてりゃ、次々と苦労がやってくるんじゃ、誰でもな。それと向き合っていくのが生きる道、そこから逃げようとするから、その弱みにつけ込まれて騙されるのよ」

「弱み……」

「そうともさ、災難から逃れようとする弱みじゃ、その足下につけ込んで、騙りが寄って来るのよ」

「騙り……」

「ええ、ええ」銀右衛門が進み出て来た。

「弁天さんが言うとおり、そのなんとか坊は騙りだと思いますよ。金で祟りを消すなんぞ、どう考えても嘘でしょう」

見ていた登一郎と清兵衛も思わず頷いていた。

「だから」銀右衛門は女の顔を見た。

「うちでは金は貸せません。いつもなら他を当たってくださいと言うところだが、今日は言いません。悪いことは言わない、そのなんとか坊の言うことなんぞに振り回されちゃいけません」

「え、でも、どうすれば……うちは不運が……」

縮めていた首は伸ばしたものの、女は手を強く握る。

ふう、と弁天は息を吐いた。

「気持ちの弱い者に、いきなり強くなれと言うても無理な話か……よし、それじゃわしが祈禱してやろう」

え、と女が半歩、下がる。

と、弁天は家にとって返し、白い垂(しで)のついた榊(さかき)を持ってきた。

「わしは生駒(いこま)のお山で修行した身じゃ。そのなんとか坊よりも、よほど霊験(れいげん)ある祈禱ができるぞ」

「え、けど、お金……」

「十六文」弁天がきっぱりと言う。

「金がないんじゃろう、なら、十六文じゃ、それなら払えるか」

「は、払えます」

「よし、ならば入れ」

弁天が家に入って行く。

女が不安げに顔を向けると、銀右衛門は頷いて、行けと手を振った。

女はおずおずと弁天の家に入って行く。

やがて、鈴の音が響き、なにやら祈る声がそれに続いた。

「生駒」

登一郎はつぶやいて、また清兵衛に目顔を向ける。

清兵衛は再び、知らなかったとばかりに首を振った。


朝、箒を持ったまま、登一郎は家の前に立っていた。

「おはようございます」

そう言って久松がやって来た。

人待ち顔だった登一郎に気づいて、久松は「どうも」と向き合った。

「うむ、待っていたのだ。文七さんを見ないままだが、どうしているか気になってな」

「ああ、まだお寺にいまさ」

「そうか、まだ寺か」

「へい、まあ、いくら同心だって、ひと月もすりゃ人の顔なんざうろ覚えになりやすし、ふた月も経ちゃ忘れちまうでしょ、それまでの辛抱で」

「そうか」登一郎は眉を歪める。

「いや、返す返すも己の迂闊さを恥じ入るばかり……もっと早くに気づいていれば、と」

「なあに、あれで十分でさ。おかげであっしらはすぐに逃げられたんだし。だいいち、探索役だの隠密だの、姿を変えられちまえば、こっちにゃわからねえ。前にも、隠密に追っかけられたことがあるんでさ」

「ほう、そうであったか」

「へい、そんときゃ、あっしが袖をつかまれて、ちらりと顔を見られちまったんで、ひと月、お寺に籠もって、もうひと月は長屋におりやした」

「ほう、そうか、しかし、籠もるのも難儀であろう」

「へえ、あっしは退屈しやしたけどね、文七さんは、こないだ貸本を持って行ったら、難しそうな経本を熱心に読んでやしたよ、面白いって言って」

「ふむ、文七さんは学があるのだな」

「へえ、あっしとは大違いでさ。昔、寺子屋では、なんでもすぐに覚えちまって、先生の手伝いをしてたって言ってましたぜ」

「ほほう、それゆえ、あのようなしっかりした文を書けるのだな」

「そういうこってしょう」

久松が笑う。

「おや、その笑い声は」戸が開いて佐平が出て来た。

「いつもの納豆をくださいな」

差し出す笊に、

「へい、毎度あり」

久松は納豆の包みを入れた。

「ふむ、では旨い納豆汁をいただくとしよう」

登一郎が目で笑うと、久松はにっと頷いて歩き出した。

第五章　笑う反骨（はんこつ）

一

湯屋から戻って来た登一郎は、横丁の入り口で早足になった。清兵衛が見台を運んでいる。

走り寄ると、登一郎は見台に手を伸ばして、持つのを手伝った。

「お、これはすまぬ」

そう言う清兵衛に、登一郎は「なに」と笑う。

「見台を出すのは久しぶりではないか」

「うむ、久々の晴れ間だからな、今日は陽を浴びようと思うたのだ」

見台を整えていると、一人の男が寄って来た。

「ああ、やっと出ましたね」老人が前に立った。

「そら、あたしは前に見てもらった……寿命を知りたいって言って……」

「ああ」清兵衛は頷く。

「あの折の、一人暮らしで寂しいと……」

「へえ、それで犬猫でも飼ったらいいって言ってくだすったんで、猫を飼っているおきくばあさんのとこに行ったんですよ。そんときは猫がいなかったんだけど、しばらくして捨て猫を拾ったからと、一匹くれたんでさ。白黒のぶちの猫をね」

「ほほう、そうであったか。どうだ、猫は」

「へい、世話のしかたを教えてもらって、初めはとまどったけど、なあに、なれりゃどうってこたぁない。膝に乗ってきたりして、かわいいもんでさ」

「ほう、なついたのだな」

へい、と老人は目尻を下げる。

「それにね、猫を触らせろって、子供らが来るようになって、まあ、騒がしいったら。おまけに、その子らのおっかさんらも煮干しや魚のアラを持ってきてくれて、ついでにって、あたしにも煮物なんぞをわけてくれて……」

皺を深めて笑う。

「それにね、建具職人のおとっつぁんもいて、猫におもちゃを作ってくれるんでさ。ころころ転がすのとか、右左に揺れるのとか、それを見て、また子供らが喜んで……」

ほう、と清兵衛も笑顔になる。

「それはよかった。猫を好きなお人は何匹も飼うほどになるからな。それほどにかわいいのだろう」

横で聞いていた登一郎は、ああ、と思う。歌川国芳殿のことだな……。

「いやぁ」と老人は深々と頭を下げた。

「ありがとさんでした。礼を言いたくて何度もここに来たんだけど、出てなかったから、今日は会えてよかった」

「いや、礼には及ばぬ」

清兵衛は笑顔で首を振る。

見ていた登一郎もつられて頬が弛んだ。と、その顔を横に向けた。

「真木様」

少年が走って来る。

千歳屋の小僧の留吉だ。

登一郎の前に滑り込んでくると、息を切らせて見上げた。

「大変なんです」

家に留吉を上げると、まずは水を飲ませた。

息を整える留吉の顔を、登一郎は覗き込んだ。

「なにがあったのだ」

へい、と留吉は息を呑み込む。

「嘉助さんがいなくなっちまったんです」

「いなくなった、とはどういうことだ」

目を剝く登一郎に、留吉は両手を宙に泳がせる。

「ええと、五日前に、姿が見えなくなって、したら、大番頭さんが、嘉助さんは千住宿に行ったたって……千住にはお得意さんがいるんで、ときどき、行くんです。けど、そのときは、あたしも必ずお供に付いて行くんです」

「ふうむ、なのに、そなたは知らなかったのだな」

「はい、なにも聞いてません」手をわたわたと泳がせる。

「おかしいんですよ、そんなの、なので、番頭さんに尋ねたら、大番頭さんからおんなじことを聞かされたって、やっぱり首をひねってました」

ううむ、と登一郎は眉を寄せる。大番頭の言うことは信用できないな……。口元の歪みや相手に有無を言わせまいとする威圧的な物言いを思い出していた。

「そ、それで、ですね」

咳き込む留吉に、佐平が水のお替わりを持ってきた。それを飲み干すと、留吉は胸を撫でた。

「あたしは小僧仲間に聞いたんです。嘉助さんが出て行くのを誰か見たか、って。したら、誰も見てなくて、それよか、変な話が出てきて……」

「変な」

「はい、五日前の夜に、二の蔵から音がするのを聞いたってんです。なにかをぶつけるみたいな音で……あ、それに、おかしなごろつきも居着いてるんです」

「ごろつきだと……店にいるのか」

「いいえ、お屋敷のほうに、それが六日ほど前からで、縁側で寝転がったり、煙草を吸ったりしてるだけなんですけど」

「ふうむ、誰かが引き入れたのであろうな」

「ええ、ときどき若旦那と話してるみたいです」

「では、若旦那の知り合いか。吉原や岡場所に出入りしているのなら、遊び人と知り合っても不思議はないな」

「はい、手代頭の松蔵さんもそう言ってました」

「して、蔵の物音はどうなったのだ」

「はい、それを聞いたのは小僧仲間の兄さんなんです。音が気になって見に行ったら、蔵の戸に錠前がかけられていたそうで」

「錠前、それまではなかったのか」

「一の蔵にも二の蔵にも錠前がついたことはありません。反物やらなにやら入っていて、出入りもありますから。けど、おかしいから番頭さんに言ったら、大番頭さんに訊いてくれたんです、したら、若旦那が勝手に反物を持ち出すから錠をかけただけだ、と言われたそうで」

「ふうむ、では、音の出所はわからぬままか」

「はい、小僧仲間は変だってんで、みんなで耳を立ててたんですが、次の日には音が聞こえなくなってしまってました。あの……」

留吉は両手を畳につく。

「もしかしたら、嘉助さんが閉じ込められてるんじゃないかって思うんです。いえ、そうに違いないんです。だって……だって、あんまりにもおかしい……」

むう、と登一郎は眉を寄せる。公事師から勝ち目がないことを聞いて、荒っぽい策を考えたのかもしれぬ……。

「確かに、ありうることだな」

おかみや大番頭の吊り上がった目が思い出された。出かけた先で病にかかって死んだ、ということにでもするつもりか……嘉助さんさえいなくなれば、あちらの思うつぼだ……。

「番頭さんはなんと言っているのだ」

「まだそうとは限らないって……はっきりしないんだから騒ぎ立てるな、と言われちまって」

「ふうむ、半信半疑というところか」

「ええ、そんなふうで……なもので居ても立ってもいられなくて、こうして来たんです。このままだと、嘉助さんが死んじまう。真木様、錠前屋を連れて来て、開けてください」

留吉が深々と頭を下げる。

ううむ、と登一郎は腕を組んだ。状況から察するに、留吉の考えていることが当たっていそうだ……。

「よし」と登一郎は留吉の両肩をつかんだ。

「こうしよう、よいか……」

留吉は顔を上げて、間合いを詰めてきた。

留吉を横丁の出口まで送ると、登一郎はその足を作次の家に向けた。

「作次さん、入ってもよいか」

へい、という返事に、登一郎は土間に立った。

「千歳屋に厄介なことが起きた」

ああ、と作次はうつむいたまま顔を横に振った。

「あっしは人の家のことはどうでもいいんで」

「いや、錠前を開けてほしいのだ」

「えっ」

作次は顔を上げた。

「邪魔するぞ」

登一郎は座敷に上がり込むと、作次に向き合った。

「実はな……」

二

登一郎は作次とともに、空を見上げた。

陽が傾いた空は、西だけがほんのりと明るさを保っている。

千歳屋の裏門で立ち止まると、登一郎はそっと戸を押した。内側に開く。留吉には閂(かんぬき)を外すように指示してあった。

よし、と登一郎は作次に目配せをして中に入ると、すぐに戸を閉めた。目を動かして縁側を窺う。ごろつきの影はない。日が暮れれば酒を飲み始める、と留吉が言っていたのは確からしい。

登一郎が先に立って、手前の小さい二の蔵に寄って行く。

入り口の両開きの戸に、錠前がかけられている。

「これだ」

登一郎は脇に退いて作次をその前に進ませた。

「見えるか」

一の蔵の陰で暗い。

「なんの」作次は懐から金棒(かなぼう)を取り出した。

「錠前は中が見えないんだから、同じでさ」

なるほど、と登一郎は横で見守る。

カチャカチャという音が鳴り、登一郎は辺りに目を配る。

屋敷は静かだ。夕餉の膳で奥に行っているのだろう。店のほうからも、人はやって来ない。が、廊下の奥から顔が覗いた。留吉だ。

登一郎と目が合うと、すぐにその顔は引っ込められた。

ちっ、という舌打ちが鳴った。

作次が金棒を抜き、懐から別の棒を取り出す。

「厄介な錠前なのか」

登一郎のささやきには答えずに、手を動かす。

やがて、カチリ、という音が鳴った。

よし、と作次は開錠する。

錠前が外された戸を、登一郎はそっと引いた。少しだけ開けて、中へと身を滑り込ませる登一郎に、作次も続いた。

すぐに戸を閉めたため、中は真っ暗だ。

「嘉助さん」

登一郎は小さな声を四方に向ける。

「わたしだ、真木登一郎だ」

奥で音が鳴った。

「嘉助さん、いるのか」

音が大きくなる。床に身体を擦(こす)っているような音だ。

半歩ずつ、すり足で音のほうへと進んで行く。と、作次があっと、声を漏らした。

足がなにかにぶつかった音もした。

「うう」

と、呻き声も漏れる。

「ここだ」

しゃがんだ作次に登一郎も続く。

手を伸ばすと、動くものに触れた。着物越しの温かさは人の身体のものだ。

二人はそっと手を這わせていく。

「縛られているな」

登一郎の声に、作次も続ける。

「こっちは顔ですぜ、猿ぐつわを噛まされてる」

よし、と二人は手を動かす。

登一郎は脇差しを抜いて、手足を縛る縄を注意深く切っていった。

作次も猿ぐつわを解いた。

はあっ、と大きな息が洩れた。

「大丈夫か、嘉助さん」

登一郎の手が身体を抱き起こす。力ない身体が登一郎に寄りかかった。その口から掠(かす)れた声が洩れる。

「よく、ここが……」

「ああ、留吉さんが来たのだ、閉じ込められているに違いないと言って」

「とめ、きち……」

嘉助が息を吐く。

「さ、立てるか、出よう」

登一郎は嘉助の腕をつかむ。立とうとした嘉助がよろけて、崩れそうになった。作次がその脇の下に手を入れた。

「五日もいたのか、無理ねえや」

二人で身体を支えながら、すり足で戸口へと進む。

「すいません」嘉助の息が荒い。

「足が、動かない……」

「うむ、よい」登一郎は腕を肩に回した。

「つかまっていなさい」

そろそろと進んで、戸口に着いた。

扉を少し開けて、登一郎は外を窺う。人の気配はない。

ゆっくりと外に出ると、戸を閉める。と、作次は「ちょっと、いいですかい」と支えていた腕を外した。

「よし、出るぞ」

「ばれないようにまた錠をかけとかなきゃ」

そう言って、外した錠前を戸にかけて金棒を回した。が、なかなかかからない。

「よい、行こう」

登一郎の言葉で、作次も離れ、嘉助の腕を肩に回した。

「さ、急ぐぞ」

三人は裏門へと進む。戸を開けて外に出ると、登一郎はあっと声を上げた。

そこに四人の小僧が立っていた。

「嘉助さん」

と、走り寄って来る。

「嘉助さん、やっぱりいたんだ」留吉が竹筒を持ち上げた。

「さ、水です、飲んで」

「水……」

嘉助の目が開く。

はい、と留吉が口に運んだ竹筒を傾けると、喉の鳴る音がした。

はあ、と息を吐いて嘉助の足が力なくも地面を踏んだ。

「嘉助さん」小さい小僧が手を伸ばして背伸びをする。

「飴玉(あめだま)です、食べて」

「おう、それはよい」

登一郎は腰を折って身体を低くした。嘉助の身体も下がる。

嘉助が口を開けると、小僧が飴玉を入れた。

「ああ……」と嘉助の声が洩れる。

「旨い」

小僧らが周りを囲む。

「嘉助さん」

「しっかり」

小さめの手を伸ばして、嘉助を支える。

そこに庭から足音が鳴った。

「おりゃあ」

怒声とともに駆けて来る。

戸が開いて飛び出して来たのは、いかつい男だった。手には短刀を握っている。

しまった、こいつがごろつきか、と登一郎は嘉助を作次に預ける。

作次は嘉助を抱えて、端にしゃがみ込んだ。

「みんな、下がっていろ」

登一郎は刀の柄に手をかけた。と、すぐに鯉口を切った。

ごろつきは目を剝いて皆を見る。その目が嘉助に止まると、短刀を振り上げた。

「かっさらいやがったな、そうはさせるか」

地面を蹴ったごろつきの前に、登一郎が立ちはだかる。

振り下ろした短刀を刀で受けた。と、同時に、

「留吉」と声を飛ばす。

「役人を呼んで来い」

「はいっ」

留吉が走り出す。

「やろうっ」

ごろつきが踵を返して、それを追おうとする。

登一郎は峰を返すと、背後から肩に打ち込んだ。

ごろつきは足を止めて振り向く。

「てめえはすっこんでろ」

向き直ると、短刀を構えた。が、その目を嘉助に向けた。

「それよりこっちだ」

作次に抱えられた嘉助に向かって行く。

登一郎は身を翻して、二人の前に進んだ。

刀を構え直す登一郎に、ごろつきは、

「すっこんでろと言ったろう、じじいっ」

腕を振り上げる。

登一郎ははっと、息を吐く。

「侮るなっ」

刀を横に回し、ごろつきの脇腹へと打ち込む。

あばら骨に当たる音がして、ごろつきが膝を崩した。

その膝の内側に、さらに打ち込む。

ぐうっと呻いて崩れたごろつきのうなじを柄頭で打つ。地面に倒れた男の背中を、登一郎は踏んだ。

「そなた」大きな小僧に向く。

「縄、紐でもよい、持って来い」

「合点」

中へと駆けて行く。

「そなた」次に大きい小僧を見る。

「番頭さんを呼んで来い」

「へい」

走って行く。

踏まれたごろつきは手足をばたつかせている。

残った小さな小僧が駆け寄り、その足首を押さえ込んだ。

「お、おまえなんか……」小僧がごろつきを睨みつける。

「も、もしも、嘉助さんが死んだら、おまえも殺してやるんだからなっ」

そう言う顔がみるみる赤くなった。

「許さないからな……」

赤くなった頬に、涙が流れ落ちる。

登一郎は小僧に目を細めた。

「大丈夫だ、嘉助さんは元気になる。飴玉を舐めたからな」

小僧の顔が涙で濡れていく。

庭から足音が戻って来た。

「紐、腰紐がありました」

手にした紐を「よし」と受け取って、登一郎はごろつきの手首を後ろ手に縛り上げた。

続いて戻って来たのは二人の足音だった。小僧に続いて、番頭の庄右衛門が走って来た。

「嘉助さん」

庄右衛門が地面の嘉助に走り寄る。

「ああ、大丈夫だ」

作次に抱えられた嘉助が顔を上げた。

道からも足音が鳴った。

十手を腰に差した同心と町役人二人が走って来る。

留吉も息を切らせながら、続いた。

「なにがあった」

十手を抜いた同心が見渡す。

「この狼藉者が襲いかかって殺そうとしたのだ」

登一郎が立ち上がって、ごろつきを目で指した。と、その目を嘉助に向ける。

「襲われたのはあの者、この千歳屋の次男だ……したが、今は医者に運ぶのが先決。弱っていて、すぐに手当をせねばならぬのだ」

む、と同心は力ない嘉助を見る。

登一郎は寄って行くと、嘉助の腕を肩に回し、同心を見た。

「神田のっぴき横丁の医者龍庵の所に運ぶ。かまわぬか」

「いや、しかし」

眉を寄せる同心に、庄右衛門が進み出た。

「詳しい話はあたしが……この千歳屋の番頭です」

「む、さようか」同心は顎をしゃくった。

「なれば、運ぶがよい、改めて呼び出しをする」

登一郎と作次は頷き合って、嘉助を両脇から持ち上げた。

小僧らが数歩、付いて来たが、庄右衛門に呼び止められた。

「よし、番屋へ連れて行け、皆も来い」

同心の声を背中で聞きながら、登一郎は嘉助に声をかける。

「もう、大丈夫だ、嘉助さん」

うなだれた顔で、嘉助は小さく頷いた。

三

翌日。

夕刻に、登一郎と公事師の高柳が連れ立って龍庵の家の戸を開けた。

「おや、これはおそろいで」

龍庵の言葉に、布団の上に上体を起こした嘉助も振り向く。

「ほお」登一郎は座敷に上がりながら笑顔になる。

「嘉助さんは朝よりも顔色がよくなったな」

「はい」嘉助が頭を下げる。

「玉子粥を三杯もいただきました」

ふむ、と龍庵は苦笑した。

「もっと食べたいところだろうが、食を絶ったあとにいきなりたくさん詰め込むと、死ぬこともあるからな」

「うむ」登一郎は腰を下ろす。

「戦国の世では、兵糧攻めのあと、飢えた者らがいきなり食べ過ぎて命を落としたという話がある」

「さよう、食を戻すのは少しずつ、が定め。まあ、明日には粥から柔らかいご飯に変えてもいいだろう」

龍庵は話しながら、高柳を見る。

「昼前に嘉助さんを訪ねて役人が来ましたが、なにやら高柳殿も関わっておられるようですな」

「うむ」高柳が頷く。

「わたしが嘉助さんの公事師を引き受けたのだ、真木殿に引き合わされてな。そのことで、我らは大番屋に行って来たのだ」

町に多くある自身番屋は狼藉者などをとりあえず留めるが、そこで有罪と見なされると、大番屋に移され、吟味を受けることになる。

「うむ」登一郎も頷く。

「お呼びがかかったゆえ、行って来た。行ったらすでに仮牢（かりろう）にごろつきが入れられていて、おかみと若旦那、大番頭も呼び出されていたぞ。あのごろつき、三人に雇われたと、すぐに白状したらしい」

「そうですか」嘉助が布団の上で正座をする。

「あたしもお役人に訊かれて、話したんです。六日前に、いきなり殴られて気をなくし、気がついたら蔵の中だったんです。で、猿ぐつわを嚙まされてて……けど、手足は動かせたので、気がついたあと、壁を叩いたり蹴ったりしたんです。したら、あの男がやって来て、手足を縛られてしまったんです」

「ふうむ、そうだったか。だが、そのときの物音で、小僧さんらが気がついたのだから、幸いであった」

「はい」嘉助が頷く。

「今日も留吉が来てくれて、飴玉をもらいました。以前、皆にあげたものを、大事にとっていたそうで……食べればよいものを……」

声を詰まらせて顔を伏せる。

登一郎は小僧達の顔を思い起こした。皆、嘉助への心配や大番頭らへの憤懣（ふんまん）が混じった面差しだった。

「いや、しかし」高柳が膝を打つ。

「公事にしたのは真に幸いでした。目安を出していたおかげで、こたびの騒動の因（もと）がすぐにわかってもらえましたからな」

「うむ」登一郎も頷く。

「昨日、番頭さんが話したそうで、大番屋にいた吟味役の与力はすでに目安を手にしていた。かほどに早く事が進むとはな」

「はい」高柳が小さく笑む。

「公事ともなればいく月もかかりますが、この騒ぎのせいで、一気に決着が付きます。おかみや大番頭らは自ら墓穴（ぼけつ）を掘ったということです」

あの、と嘉助が布団から下りてくる。

「おかみさん達はどうなるんでしょう」

ふうむ、と高柳は顎を撫でる。

「そうですな、嘉助さんを殺すつもりであったかどうか、そこをこの先、問われるでしょうな。ごろつきがなにを命じられたか、というのが証となる。殺すつもりであったとなれば、命じた大番頭は遠島でしょう。主となるべき人を殺めようとしたのは重罪ですからな」

「では、おかみさんと兄さんは」

「そちらも殺す気があったかどうか、吟味されますな。主殺しよりは罪が軽くなりますが、さて、どういうお沙汰が出るか。まあ殺すつもりなどなかった、と言い張るでしょうから、敲きに重追放、というあたりですかな」

「そう、ですか」

嘉助はほっと息を吐く。

「それでよいのですかな」

高柳の問いに、嘉助は泣き笑いのような顔になる。

「正直、憎い気持ちもありますけど、おかみさんは育ててくれた人ですし、兄さんは根っからの悪人というわけじゃないんです。ただ、遊び好きで気持ちが据わっていないだけで」

「ふむ、嘉助さんがそういう考えを伝えれば、御奉行様はそれを汲んで、お情けをおかけなさるでしょうな」

「そうですか、なら、言います」嘉助は拳を握る。

「あんまり重い罪になっちゃ、おとっつぁんがあの世で嘆くでしょうから」

ほう、と皆が目を細めた。

「嘉助さんはよい主になるな」

登一郎は微笑んで嘉助を見る。

「こうなったら」嘉助は拳を握る。

「あたしは精一杯、頑張ります」

「うむ、気張りなされ」

登一郎が立つと、高柳も続いた。

嘉助は二人に深々と頭を下げた。

外に出た登一郎は、戻って行く高柳を見送って、足を止めた。

龍庵の戸口脇に、新吉が立っていた。

「聞いていたのだな」

登一郎の問いに、「ええ」と苦笑しながら歩き出す。

「なんの騒ぎか気になって。読売は作れないってのに、性(さが)ですね」

並んで歩く登一郎が眉を寄せた。

「すまぬな、わたしが早く気づいていれば、文七さんの顔を見られることもなかったのに」

「や、それはもう、言いっこなしです」新吉は首を振る。

「あそこで気づいてくだすったから、みんな逃げられたんで、下手をすりゃ、文七さんはお縄になってたかもしれませんや」

「ううむ、しかし……」

「十分ですよ。それにこうやって向かい風が吹くときはあるもんです」

「向かい風」

二人は新吉の家の前で立ち止まる。

「ええ、ツいてるときは追い風が吹いて、どんどん前に進める。けど、ツキが離れると、向かい風に変わる。誰にも、そういうときがあるもんです。そうなったら、静かにしてやり過ごすのがいいんで、無理に進もうとすりゃ、嵐に遭うのが関の山でさ」

「なるほど」

「って」新吉は笑って肩をすくめた。

「こりゃ、昔、親方に教わったこってすけどね」

「ほう、だが、それを肝に銘じて動じない心根になったのだから、新吉さんも大したものだ」

「いやぁ」新吉は胸を反らせて笑う。

「しょっちゅう動じてますよ。捕まりたかぁないですからね。だからあたしら、毎年、正月には弁天おばばさまのご祈禱を受けてるんでさ。今年も捕まりませんようにってね」

「ほう」と登一郎は意外さに目を見開いた。

「そうなのか」

「ええ、そんなもんです」

ははは、と笑う。その響きに戸が開いた。

「あら、声がすると思ったら、先生と一緒でしたか」

顔を出したおみねに、登一郎は微笑んだ。

「ああ、ちと立ち話をしていた、邪魔をしたな」

そう言って、背を向けると、空を見上げて歩き出した。

空はすっかり梅雨の雲が消えていた。

四

開け放した戸口に、人影が立った。

徒目付の浦部が着流し姿で入って来る。

「お邪魔を」

「おう、上がられよ、今日も探索か」

「いえ、今日は非番なのです」

座敷で向かい合った浦部は、その声を低くした。

「伊達家のことです」

「うむ、どうなった、なにも聞こえてこぬので、気になっていたのだ」

登一郎が身を乗り出すと、浦部も首を伸ばした。

「はい、なにしろ表立ってはなにもないのです。が、裏で決着がついたようなのです。

顔を伏せがちだった佐々木様が、また以前のように顎を上げて歩くようになりましたから」

「ふうむ、では、引き渡せという伊達家の要求は拒んだわけだな」

「さようかと。おそらく、水野様の差配で収められたのだと思います。噂ですが、御使者を仙台まで送ったようで」

「ほう、伊達の殿様に直々、詫びを入れたということか」

「推察、ですが。本陣を占拠し、野営まで強(し)いたのですから、相応の償いをしたはず。そこに詫びとしてそれなりの額を上乗せしたに違いない、とお城では噂されています」

「なるほど、それは真っ当なこと。さらに、当面は普請や手伝いを許す、などの配慮も加えたかもしれぬな」

「はい、そのように言うお人もいます。真木様は城中を見通しておられるようですね」

　目で笑う浦部に、登一郎も返す。

「およそは見当がつく。伊達の殿様はお若いお方ゆえ、そう出られては矛(ほこ)を収めざるを得なかったのであろう」

「ええ、領主となられてまだ一年も経っていませんから、ここで徳川家と揉めるは得策でない、と考えられたでしょう」

「うむ、周りの重臣らもそう進言したであろうな」

はい、と浦部は頷く。

「しかし」登一郎は天井を仰いだ。

「そうなれば、結句、跡部大膳にはお咎めなし、か。かほどに不届きなことをしておきながら……」

「お城でも、そうしたささやきが聞こえていました」

「であろうな、老中首座のご威光あってこその放免、誰も納得はしていまい。おまけにこれで跡部も佐々木も、ますます増長するであろうな。御公儀にとっても好ましいことではないというに」

登一郎は大きく息を吐いて、首を振った。城の廊下が思い出され、そこを胸を張って歩く二人の姿が目に浮かんだ。

「はい」浦部は顔をしかめる。

「伊達家のお殿様がお若いがゆえに、これですんだのでしょう。もし、もっとお歳を召して世慣れたお方であったら、もっと強く出たはず。運がよかっただけでしょう」

「ふむ、まさに、な」

登一郎は口を尖らせて頷いた。

朝の掃除をしていた登一郎は、聞こえてくる鈴の音にその足を止めた。いつの間にか、隣の弁天の家の前に来ていた。弁天は自ら掃き清めるため、いつもきれいになっている。

登一郎は閉まった戸の前に立ち止まったまま、耳を澄ませた。鈴の音とともに、弁天のなにかを唱える声が聞こえてくる。高く低く波のように揺らいで歌のようだ。が、それが鈴の音とともにやんだ。

おや、と思っていると、いきなり戸が開いた。

「誰じゃ」

驚いた登一郎が身を反らすと、

「なんじゃ、ご隠居か」弁天は肩を落とす。

「人影がじっと立っているから、なんじゃと思うたわ」

「ああ、これはすまぬ。よい声なので聞き惚れていたのだ」

ふん、と弁天はまんざらでもない面持ちで見上げる。

「それなら戸を閉めずともよかったな。暑いが、うるさいかと思って閉めていたんじゃ」

「そうであったか、いや、気遣いは無用、開け放しでかまわぬ」

登一郎は言いながら、改めて皺深い顔を見つめる。着物はいつも白で同様の袴を着けている。

「弁天殿は、生駒山で修行なすったと言っておられたな」

「そうじゃ」胸を張るが、顔には苦笑が浮かぶ。

「まあ、なりゆきでな。亭主と子が流行病で亡うなってな、それまでにも二人の子が亡うなっていたんじゃが、一人、倅が残ったんじゃ」

「ほほう、母と子二人となっては難儀なことだな」

「ああ、じゃから、大坂の縁者を頼ったんじゃが、すげなくされてな、途方に暮れているところに行者に拾われたのよ」

「大坂……おばばさまはもともと西のお人であったか」

「いんや、生まれは浜松じゃ。わしは早くに親を亡くしていたから、亭主の親戚を頼ったのよ。けど、当てが外れてな、それで行者に連れられて生駒に行ったんじゃ。修験のお堂があるから、倅を修行させれば、置いてやると言われてな。倅は十じゃったから、小僧から始めてな。そこでわしは飯炊きになって、住み込んだんじゃ」

「なるほど、修験か」

山岳信仰の修験は、神仏を祀り、祈禱や加持をする。

「そうよ、それで毎日見ているうちに、面白くなってな、わしも修行させてもろうたのよ。で、倅が十五の歳に共に富士のお山に登りに来てな、わしはそのあと江戸に住むことになったんじゃ」

「なんと」

登一郎は目を見開いた。わけのわからない言葉を唱えていると思うていたが、でたらめではなかったのか……。

驚きを顕わにした顔を見上げて、弁天は、ふふんと笑った。

「修験じゃからな、祝詞も唱えるし、お経も上げる。おおかた、いかさまを唱えているとでも思っていたんじゃろう」

「あ、いや」登一郎は慌てて首を振る。

「そういうわけでは……わたしはどちらも知らぬゆえ、違いはわからないが」

「まあ、いいわい」弁天はすいた歯を見せて笑った。

「いかさま扱いは馴れておる。祈禱は信じる者と頼りたい者だけがすればいいんじゃ。

ご隠居も神仏を頼りたくなったら、いつでも来やれ。どんなお人でも、生きておれば、運気の下がるときがあるからな」

「う、うむ、それは心強い」

作り笑顔を浮かべながら、登一郎は喉元でつぶやいた。運、か……。

「しかし、それで運が上がるものなのか」

「ふん、上がる、とは言い切れんな。持って生まれた運が悪ければ、祈禱しても大して効き目はないな。ここだけの話じゃが」

かかか、と笑う。

「持って生まれた運とは……運というのは、生まれながらに決まっているものなのか」

登一郎の頭の中に、さまざまな人の顔が浮かぶ。確かに、運の良し悪しはありそうだが……。

「そうよ」弁天が頷く。

「人は生まれながらに福分(ふくぶん)や徳分(とくぶん)を備えているんじゃ。それが運の強さを決めるのよ」

「ほう……生まれながらに決まっているということか。されば、それはどのようにして決まるのだ」

「そうじゃな、古くからの言い伝えでは、前世での行いによって決まる、ということじゃ」

「前世……いや、そのような話になると……」

「そうじゃな、信じるもんと信じないもん、それぞれじゃからな。だが、あるとすれば話は早い。運は因果応報ということじゃ」

ううむ、と登一郎は眉を寄せる。

「仮にあるとしても、とうの昔に終わってしまったことでは、いたしかたがないではないか。手の打ちようがないというものだ」

「そうとも言えんぞ」弁天は首を振る。

「よい運を持って生まれても、悪い行いばかりをすれば、運を使い切ってあとは落ちるばかりじゃ。大した運を持っておらずとも、よい行いをすれば少しずつ運気は上がるんじゃ」

「ほう、そうなのか」

「そうじゃ」弁天はきっぱりと顎を上げる。

「じゃから、わしは加持祈禱をするときには、よい振る舞いをするように、付け加えておる」

なるほど、と登一郎は思う。そういえばおばば殿、前に商い下手の男に愛想をよくしろと教えていたな……。

「ふむ、少しわかった」登一郎は目元を弛めた。

「たとえ運が弱くとも強くとも、その先は行い次第、なのだな」

いくつかの顔を思い浮かべながら、登一郎は頷いた。

弁天はずいと歩み寄る。

「そういう理(ことわり)を知りたいのなら、どうじゃ、修行してみては」

「あ、いや」登一郎は下がる。

「今の話で十分、いや、よい学びとなった、かたじけない」

背筋を伸ばすと、微笑んだ。

「まあ、なにかあればいつでも来やれ」

弁天は笑いながら、背を向ける。

戻って行った家の中から、再び鈴の音と響く声が聞こえてきた。

五

六月二十二日。

二階にいた登一郎は表の騒がしさに、窓から身を乗り出した。

「てえへんだ」

と叫びながら、男が走って行くのが見えた。

急いで降りて、外へと出る。

横丁の入り口で立ち止まると、また人が小走りにやって来た。

「てえへんだ」

そう叫ぶ男を、道端の人が「どうしたい」と呼び止める。

「おう、市川海老蔵が江戸追放だってよ」

「なんだって」

周りの人が集まってくる。

「さっき、南町奉行の沙汰が下ったそうだ、江戸十里四方追放だと」

息を切らせた男が皆に身振り手振りを交えて話す。

なんと……。登一郎は横にある清兵衛の家を見た。戸が開いている。

「清兵衛殿」

しかし、しんとして返事はない。

そこに清兵衛が表から早足で戻って来た。

「お、清兵衛殿、聞いたか」

「うむ、今、確かめに行ったところだ。奉行所から出たのを見た、という者もいた」

追放の刑は、沙汰が下されてすぐに実行される。奉行所から出されて、江戸の境まで役人によって連れられて行くのだ。そこで縄を解かれ、江戸から追い出されるのが追放刑だ。

十里四方は日本橋を起点として東西南北に五里とする。そこから外に出なければならない。

「くそっ」

清兵衛は開いていた戸を勢いよく閉めた。と、横丁を出て歩き出す。

「どこに行く」

登一郎が並ぶと、

「猿若町だ」

と、地面を蹴る。

「わたしも行ってよいか」

「おう、参ろう」

二人は浅草に向かって歩き出した。

「海老蔵はどこに向かったのだろう」

登一郎の問いに、清兵衛は顔を横に向けた。

「東だったそうだ。成田(なりた)に行くのだろう」

「成田、下総のか」

「うむ」清兵衛は横目で登一郎を見る。

「市川家は成田屋という屋号であるのは知っておられよう」

「う、うむ、それくらいは聞いたことがある」

「成田山新勝寺(しんしょうじ)という寺があってな、初代の市川團十郎は、その近くの生まれなのだ。なので、新勝寺の不動明王を昔から拝んでいた」

「ほう、そうであったか」

「ああ、男子に恵まれなかったために、初代は不動明王に祈ったそうだ。すると、まもなく生まれて、その子が二代目を継いだのだ」

「ほほう」

「初代は不動明王をますます信仰して、二代目とともに、不動明王に扮して芝居をしたほどだ。その頃から、成田屋という屋号になったらしい」

「なるほど」

聞き入る登一郎に、清兵衛は小さく苦笑する。

「登一郎殿は、真、芝居とは縁がないのだな」

うむ、と登一郎も苦笑する。

「芝居小屋に入ったこともなかった」

道では人々が集まって話をしている。

「追放たぁ、やりすぎだろう」

「おう、海老蔵が江戸からいなくなるなんざ、考えられねえ」

皆、その話で持ちきりだ。

清兵衛は東に目を向けた。

「海老蔵も七代目團十郎のときに、成田山に跡継ぎ誕生の祈願をしたのだ」

「ほう、そうなのか」

「ああ、娘は何人も生まれていたが男子がいなかったために、初代に倣って不動明王にお願いしたそうだ。したところ、見事、跡継ぎが生まれたというわけだ。その後、芝居も当たるしで、成田山に千両を使って額堂を建ててな、接待所にして自ら茶菓を出したという話だ」

「ほう、さほどに成田山と縁が深いのか」

「うむ、それゆえ、身を寄せれば喜んで置いてくれるだろう」

清兵衛はひそめていた眉を少し、弛めた。

上野を抜けて、二人は浅草へと進んだ。

浅草寺の境内を抜けて、猿若町へと入る。

芝居小屋の普請は、以前に来たときよりもさらに進んでいた。

大工や職人らが行き交っている。

おや、と登一郎は顔を巡らせた。

編み笠を被った人々が集まっている。

不思議そうに見る目に気がついて、清兵衛が言った。

「あれは役者だ。役者は外を歩く際には笠を被って顔を隠せ、という命が下ったのだ」

「なんと……罪人でもあるまいに」

驚く登一郎に、清兵衛が頷く。

「まったくだ、おおかた考えたのは鳥居耀蔵だろう。水野忠邦も気に入ったことだろうがな」

ふんと、鼻を鳴らす。

道のあちらこちらに、人が集まっている。皆、顔つきが険しい。

「おう」一人が清兵衛に目を留めた。

「清さん、来たか」

「おう」清兵衛は町人ふうの口調になる。

「じっとしていられるか」

人の輪に入って行く。登一郎は輪の外に立った。

「ったくよ」若い男が言う。

「柿落(こけらお)としには海老蔵の『暫(しばらく)』か、『勧進帳(かんじんちょう)』か、いや、『助六(すけろく)』か『不動(ふどう)』かと、みんなで楽しみにしてたってのによ」

「おう、敲きくらいで放免されると思ってたのに、まさか、追放とはな」

「まったくだ」清兵衛が頷く。

「敲きで見せしめにするのだろう、とは思っていたが」

「おれもそう思ってたぜ。それだって、許せねえけどよ」

皆が頷く。

「ざけんじゃねえってんだ、海老蔵をなんだと思ってやがる、江戸の華だぞ」

「そうともよ、海老蔵の芝居でどんだけのもんが元気になるか、わかってねえんだよ、お城のやつらはよ」

「そうだ、そうだ。だいたい、贅沢が罪だってのもふざけんじゃねえってんだ、武家の贅沢にゃ目ぇつぶってやがるくせによ」

「おうよ、贅沢がいけねえってんなら、大奥をなんとかしろってんだ」

「しっ」

一人が口に指を立てて、道の向こうを見る。

黒羽織の同心が手下を連れて、周囲を睨みながら歩いている。騒ぎが起きないか、見張りに来ているようすだ。

「ありゃ、南町だな」

「おう、妖怪の手下ってこった」

同心はこれ見よがしに、十手を手にして朱房(しゅぶさ)を揺らし、肩を叩いている。

「にしたって」男が声を落とす。

「追放たあ、あんまりだぜ。八代目はまだ若いってのに」

「おう、芸は相伝だろうに、いなくなっちまったら、教われねぇじゃねえか」

「成田屋を背負うのは大変だぜ」

同心が近寄って来る。

皆は、ふっと口を閉ざして、散り始めた。

それぞれ、同心を横目で見たり、小さく鼻を鳴らしたりして、早足で去って行く。

清兵衛と登一郎も、再び歩き出す。

ふっと、清兵衛は息を吐いた。

「吐き出すと、ちと胸がすくな」

そう言いながら、別の人の輪に近寄って行く。

と、その足を速めた。

「芳さん」

その輪の中に歌川国芳がいた。

「おっ」国芳が顔を向ける。

「めェさんも来てたか」

「おう、これが黙っておられるか」

「ったくだ」国芳も頷く。

「せっかく新しい小屋で海老蔵の芝居が見られると思ってたのによ」

「そうとも」

言いながら、また輪の中に入って行く。

「七代目は歌舞伎の立役者だぜ」

「そうさ、十八番はどうなるんだ」

「おれぁ、『外郎売』を楽しみにしてたのによ」

人々は同じような話で盛り上がっていく。

登一郎は輪の外で、城の方角に顔を振り向けた。

これでまた町の怨みを買ったな……力で抑えつければ、反発が生じるだけだというのに、なんという愚策を用いることか……。

城の上空には、夏の雲が湧き立っていた。

六

「父上」

開いた戸口から、長明が入って来た。

「おう」登一郎は膝を回す。

「久しぶりだな、飯でも食いに行くか」

「いえ、それはあとで」

長明は上がり込んで来ると、父の前に座った。急いで来たらしく、肩で息をしながら整えている。

「今日は佐平は」

奥を覗く長明に、登一郎は外に顔を向けた。

「買い物で出かけておる」

「そうですか、それは好都合」

ん、と息子の言葉に首をかしげる。なにがだ……。

肩が落ち着いた長明は、すうっと口で息を吸った。口を開きかけるが、そこで止まる。言葉は出てこない。

「ええ、と……」その顔が弛む。

「市川海老蔵が江戸追放になりましたね」

「うむ、屋敷にも伝わったか」

「はい、中間が魚屋から聞いたとかで、その日のうちに」

「ふむ、千両役者だからな、江戸中の騒ぎだ」

「はい」長明が膝を寄せてくる。

「で、母上が気落ちしておられるのです」

「照代が」

ええ、と長明は頷く。

「母上は芝居小屋が開いて、海老蔵の舞台を見るのを楽しみにしていたそうなのです」

「ほう、そうであったか。まあ、江戸中が楽しみにしておったようだからな」

はい、と息子は笑顔になる。

「ですが、母上は心から待ちわびていたようで、真にがっかりとしておられるのです」

「ふむ」

「で」長明が首を伸ばす。

「今日、叔母上が見えて、その話になりました。叔母上も残念がっていました。母上と叔母上は、昔、お祖母様に連れられて、芝居小屋にいくどか行ったそうなのです」

「ほう、そうであったか。義母上は確かに、鼓や三味線など、芸事がお好きなようであったな」

「そうでしたか、わたしはあまり覚えていないのですが」

「そうさな、もう亡くなってずいぶん経つからな」

長明が八歳の折に世を去っていた。

ふふ、と長明の目が笑う。

む、と登一郎は小首をかしげた。なんだ……。

「で、ですね」長明はさらに間合いを詰めてきた。

「母上と叔母上と、わたしも混じって海老蔵の話をしていたのです。したところ、叔母上が言われたのです。いま一度、お顔を見たかったわねえ、照代は残念でならないでしょう、恋したお方ですものねえ、と」

え、と言いかけて、登一郎は口を結んだ。

息子が笑顔で父を見る。

「母上は昔、七代目團十郎の頃に芝居を見て、夢中になったそうです。叔母上が言っていました。寝ても覚めても、團十郎の話をしたものよ、と」

は、と登一郎は口を開く。が、言葉は出ない。

「お祖母様もご贔屓だったそうで、いくども見に行ったそうです。父上は、團十郎をご覧になったことはありますか」

「ない」やっと言葉になった。

「わたしは芝居を見たことはない」

「そうですか。いやぁ」長明は目を細める。

「わたしは思わず聞いてしまいました、父上は海老蔵に似ているのですか、と」

むむ、と登一郎は眉を寄せる。

「それは……なんと」

「叔母上が言いました、目鼻の辺りが似てるわよねえ、と。母上はお顔を伏せて頷いておられました」

ははは、と声を出しかけて、長明は慌てて口を押さえた。

「あ、いえ……わたしは安堵したのです、恋敵が團十郎なら……あ、と、その……」

肩をすくめる。

登一郎はむっと口を噤んだ。なんと、と胸中でつぶやきながら、ばつの悪さに息子から顔を背けた。あのような話をするのではなかった……いや、したから真相がわかったのか……。

父はちらりと息子を見る。

長明は真顔になって、首を縮めていた。

うほん、と咳を払って、登一郎は腰を浮かせた。

「飯でも食べに行くか、鰻はどうだ」

「はい、わたしはなんでも」

長明は笑顔を戻して立ち上がった。


蚊帳をめくり、登一郎は中の布団に仰向けになった。

二階の部屋で窓を開け放しているため、蚊帳越しに風がそよそよと吹き込んでくる。

それを顔に感じながら、昼間、聞いた長明の話を思い出していた。と、同時に、若き日の結納の出来事も浮かび上がる。

それ以降の日々も、次々に甦ってくる。祝言を挙げた日、夫婦になった朝、子が生まれた日……。

しかし、と登一郎は眉を寄せた。照代にはあまり笑いかけたことがない。なにかを買ってやったこともない。

照代は笑顔を向けてくるが、そのたびに、結納の日に聞いた話が耳に甦った。

慕う男……。その言葉を思い出すと、口が曲がった。

いつしか、照代の笑顔も減っていった。子らには朗らかな笑みを向けるが、夫にはそれが向けられない。

それらの日々を思い出しながら、登一郎は、今日の長明の言葉を噛みしめた。

ふっと、口から息が漏れた。

なんということか、とつぶやく。と、息が笑いに変わった。

恋敵は團十郎……。その言葉で、笑いが噴き出した。その勢いで身を起こす。

なんと、馬鹿馬鹿しい……。

そう思うと、頭を叩かずにいられない。

大声で笑ううちに、階段を上る足音が聞こえてきた。

佐平が慌ててやって来る。

「どうなすったんで」

蚊帳越しに覗き込む佐平に、登一郎は口を押さえた。

「いや、思い出し笑いだ」

はあ、と佐平は肩をすくめる。

「さいですか」

首を振ると、佐平は戻って行く。

登一郎は声を抑えつつ、天井を仰いで笑った。

開いた戸口に、清兵衛が立った。

「いたか」と、笑顔を向ける清兵衛に、登一郎は「おう」と立ち上がる。

「ちょっと出かけよう」

という清兵衛に、登一郎は草履を履いた。

「どこに行くのだ」

「日本橋だ、今し方、面白い物を見せてもらったのだ」

ほう、と並んで歩く。

道の先からやって来た女が、手で団扇を扇ぎながら通り過ぎて行く。

清兵衛は、にやりと笑ってそれを見送った。

「あれだ」

足を速める清兵衛に、なんだ、とつぶやきつつ、登一郎も続く。

日本橋の通りはいつもながらに多くの人が行き交っていた。

並ぶ店先にはさまざまな物が並んでいる。

軒下に絵や版画を吊している店もある。以前は色鮮やかな錦絵や役者絵が吊られ、台にも並べられ、通りに彩りを添えていたが、その二つに禁止令が出されてから、鮮やかさは消えたままだ。

登一郎は左右を見渡しながら歩く。

「そら、そこだ」

清兵衛が指す先に、人の集まっている店があった。小間物屋だ。

店を離れて行く人は、誰もが手に団扇を持っている。

「これだ、一本くれ」

清兵衛が銭を差し出してそれを受け取った。

店先を離れて、清兵衛はそれを登一郎の顔の前に差し出した。

団扇には絵が描かれている。といっても、版で刷られたものだ。

ん、と登一郎はそれを見つめた。

「猫ではないか」

白い猫の顔だが、そこに赤い隈取りが描き込まれている。

ふふっと、清兵衛は笑った。

「これは海老蔵だ」

　えっと、目を瞠る登一郎に、清兵衛は絵に沿って指を動かす。

「この隈取りは芝居の『伽羅先代萩』の男之助の隈取りだ。以前、海老蔵がやって評判になったのだ」

「ほほう、そうであったか」

「うむ、猫の着ている着物に、紋があるだろう。これは成田屋の定紋である三升紋なのだ」

　ふうむ、とそれを見つめる。

　四角い升形が三つ、入れ籠になっている。

「三升紋というのか」

「そうだ、これを見れば、ひと目で市川家の役者だとわかる」

「なるほど」

　感心する登一郎に、清兵衛がささやく。

「描いたのは歌川国芳だ」

「なんと」

　二人の背後では、団扇を買い求める客が次々に来ている。

「やぁ、ほんとに海老蔵だ」

買った客が互いに見せ合っている。

「さすが、国芳だ、やることが粋じゃねえか」

言いながら、去って行く。

次の客も声を上げた。

「こいつはいいや、役者絵じゃねえ」

「おう、猫だ猫だ、文句はつけられねえぜ」

二人の若者に、団扇を持った老人が寄って行く。

「考えたもんだよ、国芳は。団扇なら、御公儀の許しはいらねえからな」

版木で刷った絵には、役人が目を光らせている。武家を揶揄する物や公儀への不満を表す物は取り締まられて、版木が没収されることもある。

ははは、と老人が笑うと、ほかの客らも笑い出した。

「ったくだ、胸がすくぜ」

「おう、捕まえられるもんなら捕まえてみろってんだ」

「海老蔵、国芳師匠が敵を取ってくれたぜ」

団扇を高く掲げて笑う。

「おう」若い男が団扇を揺らす。

「こいつで扇ぎながら、みんな南町奉行所の前を通るか」

「そいつはいい考えだ」

皆、わいわいと言いながら歩き出す。

清兵衛も「ついて行くか」と目配せをして歩き出す。

うむ、と登一郎も足を踏み出したが「いや待て」と踵を返した。

「わたしも買ってくる」

そう言って、店先へと走った。

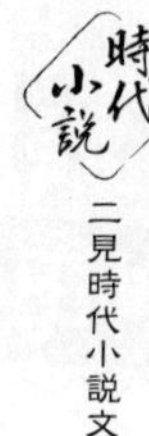

二見時代小説文庫

笑う反骨　神田のっぴき横丁3

二〇二三年　二　月二十五日　初版発行

著者　氷月　葵

発行所　株式会社　二見書房
〒一〇一-八四〇五
東京都千代田区神田三崎町二-一八-一一
電話　〇三-三五一五-二三一一［営業］
　　　〇三-三五一五-二三一三［編集］
振替　〇〇一七〇-四-二六三九

印刷　株式会社　堀内印刷所
製本　株式会社　村上製本所

落丁・乱丁本はお取り替えいたします。定価は、カバーに表示してあります。

ISBN978-4-576-23011-5
https://www.futami.co.jp/